LE MÉRITE
DES FEMMES,
POËME.

A PARIS,

DE L'IMPRIMERIE DE P. DIDOT L'AINÉ.

On trouve chez le même libraire *le Poesie di Legouvé, tradotte in versi italiani da Luigi Balochi*, *in*-18, papier vélin, 2 fr. 50 c.

Les mêmes, *in*-12, papier vélin, 4

Elle vole, inquiete, au berceau de son fils,
Dans le sommeil longtemps le contemple immobile.

Moreau J.e del. Simonet Sculp.

LE MÉRITE DES FEMMES,

POËME

PAR GABRIEL LEGOUVÉ,

MEMBRE DE L'INSTITUT NATIONAL.

HUITIEME ÉDITION,

REVUE ET AUGMENTÉE.

A PARIS,

CHEZ ANT. AUG. RENOUARD.

AN XI. — 1803.

A MA FEMME.

Si j'ai peint d'un crayon fidele
Les femmes, ce présent qu'à l'homme ont fait les cieux,
Vous m'avez servi de modele;
Vous étiez toujours sous mes yeux.
Je voyois leurs talents, quand votre main habile,
Sous les plus brillantes couleurs,
Reproduisoit l'émail des fleurs,
Ou couroit mollement sur un clavier mobile;
J'entendois leur esprit dans ces doux entretiens
Où par des traits piquants vous inspiriez les miens;
Mais je traçois sur-tout leur cœur d'après le vôtre.
Ces dons unis chez l'une et séparés chez l'autre,
Pour mieux me captiver, vous les rassemblez tous.
Heureux d'apprécier ce noble caractere,
Qui sans cesse vous rend plus aimable et plus chere,
Je regrette les temps que je passai sans vous.

Je gémis que de ses années
L'homme jamais, hélas ! ne remonte le cours ;
Oui, je voudrois à tous vos jours
Avoir joint toutes mes journées.
Autrefois de l'Éden, de ce lieu de bonheur,
Sur la scene j'offris l'image :
Il étoit dans mes vers quand je fis cet ouvrage ;
Depuis que je vous aime il est tout dans mon cœur.

AVANT-PROPOS.

Les femmes, chez tous les peuples, reçurent des hommages de la poésie et de l'éloquence. En Grece, Plutarque composa la vie des femmes illustres, où il cite une foule de traits qui les honorent. En France, plusieurs écrivains les présentent, dans leurs ouvrages, sous des couleurs avantageuses (1). Mais c'est en Italie qu'elles ont été jugées avec le plus d'enthousiasme. Un grand nombre de poëtes et de prosateurs ont exalté leurs attraits et leurs vertus (2). Quelques uns même leur ont donné la

(1) Diderot, Thomas, Bernardin-de-Saint-Pierre, Grétry, etc.

(2) Les plus remarquables sont le Portio, Bronzini, le Domenichi, le Lando, le Maggio, Ruscelli.

prééminence sur les hommes (1). Quoique je me plaise à soutenir la cause des femmes, je ne leur accorde point une supériorité que la nature semble leur avoir refusée ; je ne veux que leur conserver le rang qu'elles doivent occuper dans la société, en démontrant qu'elles en sont le charme, comme nous en sommes l'appui.

Les satires de Juvénal et de Boileau contre les femmes sont admirables sous le rapport de la poésie ; sous celui de la vérité ont-elles le même prix ? Je ne le crois pas. J'ai tâché, en adoptant une opinion opposée à la leur, de l'emporter par l'impartialité, trop certain de rester inférieur par le talent. Juvénal et Boileau n'ont attaqué les femmes qu'en traçant leurs défauts ou leurs vices particuliers ; j'ai cru

(1) Entre autres, C. Agrippa. Il fit en 1509 un traité : De *l'excellence de la femme au-dessus de l'homme.*

pouvoir les défendre en peignant leurs qualités générales. Je les présente comme belles, comme meres, comme amantes ou épouses, comme amies, comme consolatrices : n'ont-elles pas, presque toutes, ces avantages? Et n'ai-je pas été plus juste que les deux poëtes qui les ont dépréciées, si j'ai dispensé aux femmes l'éloge que mérite le plus grand nombre, lorsqu'ils leur ont prodigué le blâme qui n'appartient qu'à quelques unes; si j'ai enfin raisonné d'après des généralités, tandis qu'ils n'ont raisonné que d'après des exceptions?

Quelle que soit envers elles l'aigreur de Juvénal, son siecle lui donne une apparence d'équité. Né sous le regne de Caligula, vivant sous plusieurs des douze empereurs, de ces monstres dont l'histoire est celle de l'humanité dans sa plus honteuse dégradation, il vit des Dames romaines, aussi dégénérées que leurs époux, qui trembloient aux pieds des maîtres les plus vils, se faire inscrire sans pudeur sur le registre des courtisannes, et quitter publiquement un hymen consulaire pour les embrassements d'un histrion ou d'un gladiateur. On conçoit qu'une ame généreuse ait été offensée du spectacle de tels excès: Juvénal le fut jusqu'à l'indignation. Sans doute on peut lui reprocher de l'exagération dans les pensées, de l'enflure dans le style; mais si sa véhémence est quelquefois outrée, elle est toujours éloquente, toujours vertueuse. Il paroît par-tout pénétré du desir de faire triompher les mœurs. Il a pu penser que, pour atteindre ce but, il falloit montrer les vices des femmes dans une sorte de nudité, il falloit les épouvanter elles-mêmes de l'image de leurs désordres; et leur plus zélé partisan doit lui pardonner son animosité, en faveur de ses intentions et de son génie.

Boileau, supérieur à Juvénal, n'a pas

comme lui l'excuse de son siecle à donner. En effet, qui pouvoit de son temps l'animer contre les femmes? Étoit-ce leur société? On sait que sous le regne de Louis XIV, où la nation prit un élan extraordinaire, l'amabilité des femmes fut portée aussi loin que le talent des hommes; et que les deux sexes, en développant, l'un tous les moyens de plaire, l'autre toutes les ressources du génie, concoururent également à faire de ce beau siecle une des époques les plus brillantes de nos annales. Étoient-ce leurs mœurs? Sans doute elles ne furent pas toujours irréprochables: mais l'exemple du Souverain, qui mettoit de la dignité jusque dans ses amours; le ton de sa cour, noble et réservé quoique voluptueux; celui de la bonne compagnie qui se faisoit un devoir de l'imiter; le frein d'un culte ennemi des passions; les principes d'une éducation soignée; tout invitoit les femmes à couvrir leurs fautes de cette décence qui est presque la vertu: c'étoient des foiblesses, mais sans emportement; c'étoient des erreurs, mais sans scandale; et le sage ne pouvoit en être blessé, puisqu'il n'y voyoit que l'empire d'un sentiment avoué par la nature, et qui, dans ses abandons même, lorsque les droits de la pudeur y sont ménagés, donne un nouveau prix à la sensibilité, et ajoute encore aux graces.

Deux autres grands poëtes modernes, Milton et Pope, ont, comme Boileau, déprimé les femmes en beaux vers, dont le motif n'est pas plus facile à expliquer. Comment en effet Milton a-t-il pu les présenter sous des traits odieux, après s'être plu à peindre Eve sous des couleurs si séduisantes? Comment Pope, qui a soutenu dans son profond Essai sur l'homme, que *tout est bien*, n'a-t-il pas craint de paroître s'élever contre son propre système, en décriant un sexe qui n'est pas assurément l'ouvrage le moins intéressant du Créateur? Une telle contradiction dans les écrits de tous ces détracteurs des femmes ne donne-t-elle pas le droit de se défier de leur arrêt, et de croire que, dans leurs diatribes poétiques, ils n'ont cherché qu'à faire briller leur talent, soit en rivalisant avec le satirique ancien, soit en avançant un paradoxe, toujours plus piquant à soutenir qu'une vérité?

Plusieurs prosateurs célebres ont aussi laissé échapper sur les femmes des réflexions malignes; mais aucun n'a fait contre elles un ouvrage. Tous même, à l'exception de Montaigne, ont vanté plus souvent la finesse de leur esprit, la bonté de leur cœur, la constance et la magnanimité de leur amour pour leurs enfants; et, d'après cette espece de réparation, l'on ne doit voir dans leurs critiques qu'un caractere d'impartialité qui donne plus de poids à leurs éloges.

Lorsque j'ai composé ce poëme, je n'ai pas seulement eu dessein de rendre justice aux femmes, j'ai encore voulu, en retraçant leurs avantages, ramener dans leur société un peuple valeureux que les secousses de la révolution ont accoutumé à s'en éloigner, et, par ce moyen, le rappeler à sa premiere urbanité, qu'il a presque perdue dans la lutte des partis. Avouons-le, les Français avoient les graces d'Athenes, ils ont pris un peu de la rudesse de Sparte; et l'exemple de ceux de nos parvenus dont l'esprit a été foiblement cultivé, l'influence de cette génération nouvelle dont la guerre a interrompu ou altéré l'éducation, peuvent augmenter de jour en jour ce changement dans la physionomie nationale. Quel obstacle opposer à ses progrès? Le commerce aimable des femmes. Elles polissent les manieres, elles donnent le sentiment des bienséances, elles sont les vrais précepteurs du bon ton et du bon goût; elles sauront nous rendre les graces, l'affabilité qui étoient un de nos traits distinctifs, et recréer, pour ainsi dire, cette nation que tant de troubles, de forfaits et de malheurs ont jetée hors de son caractere. Eh! si les chefs de la Terreur les avoient mieux appréciées, ils auroient versé moins de sang: l'homme qui les chérit est rarement un barbare.

LE MÉRITE
DES FEMMES,
POËME.

Le bouillant Juvénal, aveugle en sa colere,
Despréaux, moins fougueux, et non pas moins sévere,
Contre un sexe, paré de vertus et d'attraits,
Du carquois satirique ont épuisé les traits :
De ces grands écrivains je marche loin encore ;
Mais j'ose, défenseur d'un sexe que j'honore,
Opposant son pouvoir à leur inimitié,
Célébrer des humains la plus belle moitié.

Lorsqu'un Dieu, du chaos où dormoient tous les mondes,
Eut appelé les cieux, et la terre, et les ondes,
Eut élevé les monts, étendu les guérets,

De leurs panaches verds ombragé les forêts,
Et dans l'homme, enfanté par un plus grand miracle,
Eut fait le spectateur de ce nouveau spectacle,
Pour son dernier ouvrage il créa la Beauté.
On sent qu'à ce chef-d'œuvre il doit s'être arrêté.
Eh ! qu'auroit fait de mieux sa suprême puissance?
Ce front pur et céleste où rougit l'innocence,
Cette bouche, cet œil, qui séduisent les cœurs
L'une par un sourire, et l'autre par des pleurs,
Ces cheveux se jouant en boucles ondoyantes,
Ce sein voluptueux, ces formes attrayantes,
Ce tissu transparent, dont un sang vif et pur
Court nuancer l'albâtre en longs filets d'azur,
Nous commandent l'amour, même l'idolâtrie.
Aussi, ne lui donnant que le ciel pour patrie,
Des peuples généreux virent dans la beauté
Un emblême vivant de la Divinité.
Dans les sons de sa voix ou propice ou funeste
Les Celtes entendoient la volonté céleste;
Et, prêtant à la femme un pouvoir plus qu'humain,
Consacroient les objets qu'avoit touchés sa main.
Un fanatisme aimable à leur ame enivrée,
Disoit: « La femme est Dieu, puisqu'elle est adorée. »

Ce culte dure encore; on voit encor les cieux
S'ouvrir, se déployer, se voiler dans ses yeux.
Même au sein du sérail qui la tient enfermée,
Comme un vase recele une essence embaumée,
Esclave souveraine, elle fait chaque jour
Porter à son tyran les chaînes de l'amour;
Et sur nos bords, où, libre, elle peut sans alarmes
Décorer tous les lieux de l'éclat de ses charmes,
Soit que dans nos jardins, dans nos bois fréquentés
Se promene au matin un essaim de beautés,
Soit que dans nos palais, quand la nuit recommence,
De belles à nos yeux s'étale un cercle immense,
Tous les cœurs attentifs ressentent leur pouvoir:
Même sans les entendre on jouit de les voir;
On goûte la douceur d'un trouble involontaire.
Mais le sexe n'a-t-il qu'un seul moyen de plaire?
Amour du monde, il joint à des dehors brillants
Un charme encor plus sûr, le charme des talents.

Aux sons harmonieux d'une harpe docile
Chloris a marié sa voix pure et facile.
L'œil tantôt sur Chloris, tantôt sur l'instrument,
On savoure à longs traits ce double enchantement.

Ses accords ont cessé, son maître la remplace :
Il a plus de science, a-t-il autant de grace ?
Il enfante des sons plus pressés, plus hardis ;
Mais offre-t-il ces bras par l'amour arrondis,
Qui, s'étendant autour de la harpe savante,
L'enlacent mollement de leur chaîne vivante ?
Offre-t-il la rougeur, le touchant embarras
Qui d'un front virginal relevent les appas ?
Plaît-il enfin à l'œil comme il séduit l'oreille ?
Un bal suit le concert; c'est une autre merveille.
Là, Lucinde, Églé, Laure, en leur premier printemps,
Couvertes d'or, de fleurs, de tissus éclatants,
De leur taille légere agitant l'élégance,
Semblent le lis pompeux que le zéphyr balance ;
Et de leurs pas brillants le danseur même épris
Sent que Momus pour plaire a besoin de Cypris.
Que seroient sans Cypris les fêtes du théâtre ?
Sans doute cet objet qu'Orosmane idolâtre,
Soupirant son amour, ses combats, ses malheurs,
Par le seul art des vers eût fait couler nos pleurs,
Mais de ce rôle heureux quels que soient tous les charmes,
L'organe de Gaussin lui conquit plus de larmes.

Oui, beaux Arts, oui, la femme, employant vos secrets,
Même sans être vue, ajoute à vos attraits.
Des fleurs par Valayer sur la toile jetées
On est prêt à cueillir les tiges imitées ;
On croit voir respirer les portraits précieux
Où Lebrun immortelle attache tous les yeux.
Des Graces dans leur touche on sent la main aimable.
Les Graces ont dans tout ce charme inexprimable.
Lisons Riccoboni, Lafayette, Tencin :
De leurs romans l'Amour a tracé le dessin ;
Et dans Cécilia, Sénange, et Théodore,
Dans ces tableaux récents l'Amour est peintre encore.
Pour la femme, il est vrai, redoutant un travers,
Un poëte voulut lui défendre les vers.
Sans doute il ne faut pas qu'en un mâle délire
Elle fasse parler la trompette ou la lyre ;
Mais elle a su prouver que sous ses doigts légers
Soupire sans effort la flûte des bergers.
Est-ce un jeu de l'esprit qu'elle doit s'interdire ?
Peut-être on aime mieux quand on sait bien le dire.
Laissons-la donc sans crainte exercer à son tour
Un art qui peut tourner au profit de l'amour.

Graves censeurs du sexe, à vos regards séveres
Tous ces dons enchanteurs ne sont qu'imaginaires.
Ah! si par ses talents il ne vous peut charmer,
Ses services du moins sauront vous désarmer.
Comment les méconnoître? Avec notre existence
De la femme pour nous le dévouement commence.
C'est elle qui, neuf mois, dans ses flancs douloureux,
Porte un fruit de l'hymen trop souvent malheureux,
Et, sur un lit cruel long-temps évanouie,
Mourante, le dépose aux portes de la vie.
C'est elle qui, vouée à cet être nouveau,
Lui prodigue les soins qu'attend l'homme au berceau.
Quels tendres soins! Dort-il? attentive, elle chasse
L'insecte dont le vol ou le bruit le menace;
Elle semble défendre au réveil d'approcher.
La nuit même d'un fils ne peut la détacher;
Son oreille de l'ombre écoute le silence;
Ou, si Morphée endort sa tendre vigilance,
Au moindre bruit rouvrant ses yeux appesantis,
Elle vole, inquiete, au berceau de son fils,
Dans le sommeil long-temps le contemple immobile,
Et rentre dans sa couche, à peine encor tranquille.

S'éveille-t-il? son sein, à l'instant présenté,
Dans les flots d'un lait pur lui verse la santé.
Qu'importe la fatigue à sa tendresse extrême?
Elle vit dans son fils, et non plus dans soi-même;
Et se montre, aux regards d'un époux éperdu,
Belle de son enfant à son sein suspendu.
Oui, ce fruit de l'hymen, ce trésor d'une mere,
Même à ses propres yeux, est sa beauté premiere.
Voyez la jeune Isaure, éclatante d'attraits:
Sur un enfant chéri, l'image de ses traits,
Fond soudain ce fléau qui, prolongeant sa rage,
Grave au front des humains un éternel outrage.
D'un mal contagieux tout fuit épouvanté;
Isaure sans effroi brave un air infecté.
Près de ce fils mourant elle veille assidue.
Mais le poison s'étend et menace sa vue:
Il faut, pour écarter un péril trop certain,
Qu'une bouche fidele aspire le venin.
Une mere ose tout! Isaure est déja prête:
Ses charmes, son époux, ses jours, rien ne l'arrête;
D'une levre obstinée elle presse ces yeux
Que ferme un voile impur à la clarté des cieux,

Et d'un fils, par degrés, dégageant la paupiere,
Une seconde fois lui donne la lumiere.
Un pere a-t-il pour nous de si généreux soins?

Bientôt d'autres bontés suivent d'autres besoins.
L'enfant, de jour en jour, avance dans la vie:
Et comme les aiglons, qui, cédant à l'envie
De mesurer les cieux, dans leur premier essor,
Exercent près du nid leur aile foible encor,
Doucement soutenu sur ses mains chancelantes,
Il commence l'essai de ses forces naissantes.
Sa mere est près de lui: c'est elle dont le bras
Dans leur débile effort aide ses premiers pas;
Elle suit la lenteur de sa marche timide;
Elle fut sa nourrice, elle devient son guide.
Elle devient son maître, au moment où sa voix
Bégaie à peine un nom qu'il entendit cent fois:
MA MERE est le premier qu'elle l'enseigne à dire.
Elle est son maître encor dès qu'il s'essaie à lire;
Elle épelle avec lui dans un court entretien,
Et redevient enfant pour instruire le sien.
D'autres guident bientôt sa foible intelligence;

Leur dureté punit sa moindre négligence ;
Quelle est l'ame où son cœur épanche ses tourments?
Quel appui cherche-t-il contre les châtiments?
Sa mere! elle lui prête une sûre défense,
Calme ses maux légers, grands chagrins de l'enfance ;
Et sensible à ses pleurs, prompte à les essuyer,
Lui donne les hochets qui les font oublier.
Le rire dans l'enfance est toujours près des larmes.

Tu fuis, saison paisible, âge rempli de charmes,
Pour faire place au temps où l'homme chaque jour
Sort du sommeil des sens, et s'éveille à l'amour.
Déja son front se peint d'une rougeur timide ;
Dans son regard plus vif brille une flamme humide ;
Son cœur s'enfle et gémit ; de ses soupirs troublé,
Tout son sein se souleve et retombe accablé ;
Dans ses veines en feu son sang se précipite ;
Son sommeil le fatigue, et son réveil l'agite ;
Il s'élance inquiet, avide, impétueux ;
Il promene au hasard ses vœux tumultueux ;
Il poursuit, il appelle un bonheur qu'il ignore :
De qui l'obtiendra-t-il? c'est d'une femme encore!

Une femme, en secret lui rendant ses soupirs,
Rêveuse, s'abandonne à ses vagues desirs.
O premiere faveur d'une premiere amante!
Dès que sur l'incarnat d'une bouche charmante,
Il a bu des baisers le nectar inconnu,
Dès qu'un autre succès, par degrés obtenu,
L'a conduit, dans les bras de sa belle maîtresse,
De surprise en surprise, au comble de l'ivresse,
Comme un aveugle à qui l'art rendroit la clarté,
Dans un autre univers il se croit transporté;
Il ne se connoît plus, il palpite, il soupire;
Il se sent étonné du charme qu'il respire;
L'ivresse de ses sens a passé dans son cœur;
Il nage dans un air tout chargé de bonheur.
Sa maîtresse! oh! combien son regard la dévore!
Il la voit comme un dieu que sans cesse il adore:
Son cœur brûloit hier, son cœur brûle aujourd'hui;
Il ne sait s'il existe ou dans elle ou dans lui.
Paroissent-ils ensemble au milieu d'une fête?
Son œil préoccupé ne suit que sa conquête.
Vient-il chercher, sans elle, au lever d'un beau jour,
Le doux exil des champs, lieu plus cher à l'amour?

Chaque objet la lui rend : l'éclat des dons de Flore,
C'est l'éclat de ce teint que la pudeur colore;
L'azur du firmament par l'aurore éclairé,
C'est l'azur des beaux yeux dont il est enivré ;
Le rayon du matin, c'est la douce lumiere
Qui luit si tendrement sous leur longue paupiere ;
Le murmure flatteur des limpides ruisseaux,
Le souffle des zéphyrs, le concert des oiseaux,
C'est le son de la voix qui répond à son ame :
Tout l'univers enfin l'entretient de sa flamme.
Pour lui plus de langueurs, plus de maux, plus d'ennuis;
L'amour remplit, enchante et ses jours et ses nuits;
Il n'a qu'un seul objet qui l'occupe et l'embrase ;
Et son heureuse vie est une longue extase.
Cette ivresse lui donne un autre enchantement :
Il est devenu pere ! O trop heureux amant !
Oh ! dans un tendre hymen, avec quel charme extrême
Tu te sens caressé par un autre toi-même !
Tu presses sur ton cœur ce gage précieux ;
Tu recherches tes traits dans ses traits gracieux.
Tu compares sur-tout et l'enfant et la mere ;
S'il t'offre son portrait, il te la rend plus chere.

Comme ton œil ému, dès qu'il sort de tes bras,
De tous ses mouvements suit l'aimable embarras,
Et voit avec ivresse, en ta maison bruyante,
Jouer, courir, grandir ton image vivante!
Comme dans ses penchants, qu'il montre sans détour,
Tu démêles déja ce qu'il doit être un jour,
Et te plais, de son âge oubliant la foiblesse,
A pressentir dans lui l'honneur de ta vieillesse!
Tu dois à ton épouse un destin si flatteur.

Une épouse! Ah! pour nous son aspect, sa douceur
Sait de tous les emplois soulager la fatigue.
Dès l'aube, en longs travaux l'artisan se prodigue:
Sous le fardeau, le soir, il succombe affaissé;
Il revoit sa compagne, et se sent délassé.
Le ministre languit dans son pouvoir suprême:
Au sein de sa compagne il vient se fuir lui-même.
Il y vient oublier l'ennui, le noir soupçon,
Qui mêlent aux grandeurs leur dévorant poison;
Et, distrait de l'orgueil par l'amour qui l'appelle,
Du poids de ses honneurs il respire auprès d'elle.
S'il vivoit solitaire, où s'appuieroit son cœur?

Il est, comme l'amour, un lien enchanteur;
C'est la pure amitié. Tendre sans jalousie,
Des hommes qu'elle enchaîne elle charme la vie;
Mais auprès d'une femme elle a plus de douceur:
C'est alors que d'Amour elle est vraiment la sœur.
C'est alors qu'on obtient ces soins, ces préférences,
Ces égards délicats, ces tendres complaisances
Que les hommes entre eux n'ont jamais qu'à demi;
On a moins qu'une amante, on a plus qu'un ami.
Est-il quelque projet que votre esprit enfante?
Vous aimez qu'une femme en soit la confidente.
Elle pese avec vous, dans un commerce heureux,
Ce qu'ils ont de certain, ce qu'ils ont de douteux.
Êtes-vous tourmenté d'une peine profonde?
C'est un charme à vos maux qu'une femme y réponde.
Elle prend mieux le ton qui calme les douleurs;
Son œil aux pleurs d'autrui sait mieux rendre des pleurs;
Et son cœur, que jamais l'égoïsme n'isole,
Dit mieux au malheureux le mot qui le console.
Bon La Fontaine, ô toi qui chantas l'amitié,
Avec La Sabliere ainsi tu fus lié.
Prolongeant, sans amour, des entretiens aimables,

Elle écoutoit ton cœur, tes chagrins et tes fables;
Au fond de ta pensée alloit chercher tes vœux;
Sauvoit tout soin pénible à tes goûts paresseux,
Et, chassant de tes jours les plus légers nuages,
Te donnoit un bonheur pur comme tes ouvrages.
Tels sont d'un sexe aimé les différents bienfaits.

Mais s'il mene aux plaisirs, il invite aux succès.
Notre gloire est souvent l'ouvrage d'un sourire.
Quel homme, pour charmer la beauté qui l'inspire,
Se livrant aux travaux qu'un regard doit payer,
S'il possede un talent, ne souhaite un laurier!
Ce desir est sur-tout l'aiguillon du poëte.
Sitôt que l'amour parle à son ame inquiete,
Dévorant nuit et jour les écrivains fameux,
Il ne respire plus qu'il ne soit grand comme eux.
Dans ce cirque imposant où regne Melpomene,
Il soumet un ouvrage aux juges qu'elle amene:
Quelle chaleur, quel choc de sentiments divers!
Le feu qui le consume a passé dans ses vers.
Dans les scenes, sur-tout, où l'action pressante
Peint les feux d'un amant, les douleurs d'une amante,

Chaque vers est empreint de ce style enflammé
Que cherchent vainement ceux qui n'ont point aimé.
Du trouble le plus doux il fait goûter les charmes;
On l'applaudit du cœur, de la voix et des larmes;
Il triomphe, il jouit; et s'écrie éperdu:
O femmes! c'est à vous que mon talent est dû.
Ce jeune homme rampoit dans un repos vulgaire;
D'où vient que maintenant il appelle la guerre?
C'est qu'aux yeux de l'objet dont son cœur est épris,
Si Mars le rend fameux, il aura plus de prix.
Des femmes, en tout temps, la valeur fut chérie.
Vous le prouvez, beaux jours de la chevalerie.
Dans cet âge célebre où régnoit la Beauté,
Quand partoit des combats le signal redouté,
La maîtresse d'un Preux, excitant sa vaillance,
Lui donnoit fièrement et son casque et sa lance,
Attachoit son armure, où, d'un travail heureux,
Elle avoit enlacé leurs chiffres amoureux.
Souvent il recevoit d'une amante intrépide
Un voile pour écharpe, un portrait pour égide.
Fier de ces ornements, par une femme armé,
Il combattoit, de gloire encor plus affamé;

Vingt drapeaux étoient pris, vingt cohortes domtées;
On eût dit qu'il portoit des armes enchantées!
Triomphant, au retour quel étoit son bonheur!
L'avouant pour amant, d'accord avec l'honneur,
Dans la solennité d'une superbe fête,
Elle seule plaçoit le laurier sur sa tête;
Et ce prix, dans son cœur tendre et fier tour-à-tour,
L'un par l'autre augmentoit la vaillance et l'amour.
Ah! dans nos jours guerriers, ah! pourquoi cet usage,
Qui sut de nos aïeux enflammer le courage,
N'a-t-il pas, s'alliant à notre essor nouveau,
De notre république embelli le berceau?
Sans ce doux aiguillon nous fûmes indomtables;
Mais serions-nous moins grands si nous restions aimables?
Dignes de notre nom, soyons toujours Français.
Je veux voir dans l'éclat de nos divers succès,
Des vierges, ornements de nos fêtes publiques,
Présenter aux guerriers les palmes héroïques.
C'est ainsi que les Grecs, si grands dans leurs destins,
Couronnoient un vainqueur par les plus belles mains;
Et, donnant cet attrait aux faveurs de la gloire,
De plus nombreux exploits remplissoient leur histoire.

Imitons des anciens ces exemples connus :
Il faut que Mars toujours soit l'amant de Vénus ;
Et que par de tels nœuds ce peuple, en son audace,
Offre un brillant mélange et de force et de grace.
Qui mieux que la Beauté peut armer la valeur ?
Elle-même de Mars sent la noble chaleur.
N'a-t-on pas vu jadis une femme grand homme
S'opposer dans Palmyre aux ravages de Rome ?
Une autre, vers l'Euphrate enchaîné sous sa loi,
Combattre en conquérant et gouverner en roi ?
Que dis-je ? Le laurier n'appartient-il qu'aux reines ?
Non ; mille autres encor, sans être souveraines,
Oserent dans un camp, généraux ou soldats,
Presser d'un dur airain leurs membres délicats,
Couvrir d'un casque affreux une tête charmante,
De leurs débiles mains prendre une arme pesante ;
Et cherchant les périls, exposerent aux coups
Ces charmes destinés à des combats plus doux ;
Noble effort, où, comptant sur une double gloire,
Leur bras comme leurs yeux leur donnoit la victoire.
Fiere Telesilla, j'atteste tes exploits.
J'atteste ta valeur qui défendit nos lois,

Jeanne d'Arc: Orléans trembloit pour ses murailles;
Tout-à-coup, du hameau t'élançant aux batailles,
Tu parois; le soldat, à sa valeur rendu,
Croit voir l'ange de Dieu dans ses rangs descendu.
Tu combats: l'Anglais perd sa superbe assurance;
Du joug de l'étranger tu délivres la France;
Tu rends libre Orléans; et dans Reims étonné
Tu ramenes ton roi qui fuyoit détrôné.

Sexe heureux! son destin est de vaincre sans cesse.
Mais peut-être le fer sied mal à sa foiblesse;
Ses pleurs, arme plus douce, ont autant de pouvoir.
Aman proscrit les Juifs, Esther est leur espoir:
Aux pieds d'Assuérus, de ses larmes ornée,
Esther demande grace, et leur grace est donnée.
Le fier Coriolan, aux Volsques réuni,
Revient exterminer Rome qui l'a banni.
Tribuns, consuls, vieillards, pontifes et vestales,
Tout presse ses genoux sous ses tentes fatales;
Inclinés avec eux devant son front altier,
Ses dieux même, ses dieux semblent le supplier;
Mais il n'écoute rien qu'une aveugle colere,

Il est prêt à frapper... Il n'a pas vu sa mere !
Elle entre : Rome en vain la séparoit d'un fils.
Immolant cette injure au bien de son pays,
Elle implore un vainqueur qui cede à sa priere :
Les pleurs de Véturie ont sauvé Rome entiere.
Les pleurs ont mille fois désarmé les héros.
Vainement Édouard au glaive des bourreaux
Veut de Calais domté livrer les six victimes :
Son épouse défend ces Français magnanimes ;
Et, d'un prince terrible arrêtant la fureur,
Rend la vie aux vaincus et la gloire au vainqueur.
Quel bonheur pour les rois et la terre soumise
Qu'une femme sensible au trône soit assise !
L'opprimé trouve en elle un généreux secours.
Souvent même échappée à la pompe des cours,
Du chaume ou des prisons cherchant l'ombre importune,
Elle vient recueillir les cris de l'infortune ;
Et, trompant des flatteurs les efforts conjurés,
Les porte au souverain qui les eût ignorés.
Elle obtient du pouvoir, qu'elle rend plus affable,
Un poste à l'indigent, un pardon au coupable ;
Elle le fait chérir par ses bienfaits nombreux ;

Et le monarque est grand quand le peuple est heureux.
Quel éclat doit ce sexe à sa vertu suprême !
Mais ne la montre-t-il que sous le diadême?
A l'exercer par-tout son cœur est empressé.
Ouvre-toi, triste enceinte, où le soldat blessé,
Le malade indigent, et qui n'a point d'asyle,
Reçoivent un secours trop souvent inutile.
Là, des femmes, portant le nom chéri de sœurs,
D'un zele affectueux prodiguent les douceurs.
Plus d'une apprit long-temps dans un saint monastere,
En invoquant le ciel, à protéger la terre;
Et, vers l'infortuné s'élançant des autels,
Fut l'épouse d'un Dieu pour servir les mortels.
O courage touchant! ces tendres bienfaitrices,
Dans un séjour infect, où sont tous les supplices,
De mille êtres souffrants prévenant les besoins,
Surmontent les dégoûts des plus pénibles soins;
Du chanvre salutaire entourent leurs blessures;
Et réparent ce lit témoin de leurs tortures,
Ce déplorable lit, dont l'avare pitié
Ne prête à la douleur qu'une étroite moitié.
De l'humanité même elles semblent l'image;

Et les infortunés que leur bonté soulage
Sentent avec bonheur, peut-être avec amour,
Qu'une femme est l'ami qui les ramene au jour.

O femmes! c'est à tort qu'on vous nomme timides:
A la voix de vos cœurs vous êtes intrépides.
Pourquoi de vils bourreaux, dans l'empire thébain,
Dévouant Antigone aux horreurs de la faim,
La plongent-ils vivante en une grotte obscure?
C'est qu'à son frere mort donnant la sépulture
Sa main religieuse à la tombe a remis
Ces restes, qu'aux vautours la haine avoit promis.
Elle savoit la loi qui la mene au supplice;
Mais elle n'a rien vu que son cher Polynice,
Qui, privé du tombeau, réclamoit son appui,
Et pour l'ensevelir elle meurt avec lui.
Qu'a fait cette Éponine à l'échafaud conduite?
Dans un obscur réduit, où, dérobant sa fuite,
Sabinus d'un vainqueur trompa dix ans les coups,
Elle vint partager les périls d'un époux.
De l'amour conjugal ô mémorable exemple!
Par elle un souterrain du bonheur fut le temple.

Aux yeux de Sabinus elle sut chaque jour
Embellir par ses soins le plus affreux séjour;
Des plus sombres échos lui charma la tristesse
En les adoucissant des sons de la tendresse;
Et du roc, qui la nuit les recevoit tous deux,
Fit la couche riante où l'hymen est heureux.
Blanche est plus grande encor. Dans Bassane assiégée
Son époux étoit mort; et, près d'elle érigée,
Chaque jour une tombe a reçu sa douleur.
Bassane cependant cede au fer du vainqueur.
Parmi les flots de sang que verse sa vengeance,
Jusqu'au palais de Blanche Accolin s'avance;
Il la voit, il l'adore, il tombe à ses genoux,
Et vainqueur, il réclame un triomphe plus doux.
Elle veut résister: il frémit, il menace;
Au respect de l'amour a succédé l'audace.
Blanche, près de subir l'horreur de ses transports:
« N'insulte pas, dit-elle, à la cendre des morts.
« Ici repose, hélas! un époux que je pleure:
« Laisse-moi sans témoin l'embrasser!. Dans une heure,
« De mon triste destin tu pourras disposer. »
Le vainqueur attendri n'ose la refuser.

Lui-même de la tombe il fait lever la pierre:
Il sort, ivre d'espoir. L'auguste prisonniere
S'élance, sans pâlir, près de ce corps glacé;
Et, d'un sein amoureux l'ayant encor pressé,
Elle attire sur soi, de ses mains assurées,
La pierre qui couvroit des dépouilles sacrées;
Et, s'écrasant du poids sur sa tête abattu,
Du tombeau d'un époux protege sa vertu.
Que ne peut le devoir sur ces ames fideles!

Eh! pourquoi loin de nous en chercher les modeles?
Naguere, en nos climats, lorsque de tout côté
Pesoit des Décemvirs le sceptre ensanglanté,
N'ont-elles pas prouvé par mille traits sublimes
Combien leurs sentiments les rendent magnanimes?
La Peur régnoit par-tout: plus de cœurs, plus d'ami;
Le Français du Français paroissoit l'ennemi;
Chacun savoit mourir, nul ne savoit défendre.
Elles seules, d'un zele ingénieux et tendre,
Pour détourner la mort qui nous menaçoit tous,
Oserent des tyrans aborder le courroux.
Celle-ci, dès l'aurore au repos arrachée,

Attendoit leur présence, à leur porte attachée :
Celle-là, d'un geolier insensible à ses pleurs
Désarmant par son or les avares fureurs,
Dans un sombre cachot, d'un époux ou d'un pere
Accouroit chaque jour consoler la misere.
L'une d'un objet cher qui marchoit à la mort
Demandoit avec joie à partager le sort;
L'autre cédoit aux feux d'un juge sanguinaire,
Pour les jours d'un époux vertueuse adultere :
Toutes enfin, l'appui des Français malheureux,
Parloient, prioient, pleuroient, ou s'immoloient pour eux.
Leur ame en nos dangers fut toujours secourable.
Remontons au moment, où d'un regne exécrable
Septembre ouvrit le long et vaste assassinat.
Dans le sommeil des lois, dans l'effroi du sénat,
Des monstres, qu'irritoient Bacchus et les Furies,
Aux prisons en hurlant portent leurs barbaries.
Ils mêlent sous leurs coups les sexes et les rangs ;
Ils jettent morts sur morts, et mourants sur mourants :
Tout frémit... Une fille, au printemps de son âge,
Sombreuil vient, éperdue, affronter le carnage :
« C'est mon pere, dit-elle, arrêtez, inhumains ! »

Elle tombe à leurs pieds; elle baise leurs mains,
Leurs mains teintes de sang! C'est peu; doublant d'audac
Tantôt elle retient un bras qui le menace,
Et tantôt, s'offrant seule à l'homicide acier,
De son corps étendu le couvre tout entier.
Elle dispute aux coups ce vieillard qu'elle adore;
Elle le prend, le perd, et le reprend encore.
A ses pleurs, à ses cris, à ce grand dévouement,
Les meurtriers émus s'arrêtent un moment:
Elle voit leur pitié, saisit l'instant prospere,
Du milieu des bourreaux elle enleve son pere;
Et traverse les murs ensanglantés par eux,
Portant ce poids chéri dans ses bras généreux.
Jouis de ton triomphe, ô moderne Antigone.
Quel que soit le débat et du peuple et du trône,
Tes saints efforts vivront d'âge en âge bénis;
Pour admirer ton cœur tous les cœurs sont unis,
Et ton zele, à jamais cher aux partis contraires,
Est des enfants l'exemple, et la gloire des peres.
Faut-il qu'au meurtre en vain son pere ait échappé?
Des brigands l'ont absous, des juges l'ont frappé!

Tel brille en ses vertus un sexe qu'on déprime.
Que sous nos pas tremblants le sort creuse un abyme,
Il s'y jette avec nous, ou devient notre appui;
Toujours le malheureux se repose sur lui.
L'heureux même lui doit ses plaisirs d'âge en âge:
Et, quand son front des ans atteste le ravage,
Une femme embellit jusqu'à ses derniers jours.
Au terme de sa course, il s'applaudit toujours
De voir à ses côtés l'épouse tendre et sage
Avec qui de la vie il a fait le voyage,
Et la fille naïve à qui, pour le chérir,
Il ouvrit le chemin qu'il vient de parcourir.
Grace aux soins attentifs dont leurs mains complaisantes
S'empressent à calmer ses peines renaissantes,
De la triste vieillesse il sent moins le fardeau;
Il cueille quelques fleurs sur le bord du tombeau;
Et lorsqu'il faut quitter ces compagnes fideles,
Son œil, en se fermant, se tourne encor vers elles.

Eh bien! vous, de ce sexe éternels ennemis,
Qu'opposez-vous aux traits que je vous ai soumis?
Vous me peignez soudain la joueuse, l'avare,

L'altiere au cœur d'airain, la folle au cœur bizarre,
La mégere livrée à des soupçons jaloux,
Et l'éternel fléau d'un amant, d'un époux :
Nous sied-il d'avancer ces reproches étranges ?
Pour oser les blâmer sommes-nous donc des anges ;
Et, non moins imparfaits, ne partageons-nous pas
Leurs travers, leurs défauts, sans avoir leurs appas ?
Vous ne m'écoutez point ; et, d'un ton plus austere,
Vous m'offrez Ériphile et sa fourbe adultere,
Les fureurs dont Médée épouvanta Colchos,
Le crime qui souilla les femmes de Lemnos,
Messaline ordonnant d'horribles saturnales ;
Et, de l'antiquité passant à nos annales,
Vous mettez sous mes yeux l'affreuse Médicis
Au meurtre des Français encourageant son fils :
Qui ne hait comme vous ces femmes sanguinaires ?
Mais jugea-t-on jamais les rois sur les Tiberes ?
Et la femme perverse, à d'équitables yeux,
Doit-elle rendre enfin tout son sexe odieux ?
Mille étoiles au loin rayonnent sur nos têtes :
Il en est dont le cours amene les tempêtes ;
Mais, quoique leur aspect présage des malheurs,

Trouvons-nous moins d'éclat à leurs brillantes sœurs
Qui viennent, de la nuit perçant les voiles sombres,
Consoler nos regards du vaste deuil des ombres?
Des fleurs ornent nos champs: mais pour les trahisons
Si plus d'une à la haine offre de noirs poisons,
En admirons-nous moins celles qui sur leur tige
D'innocentes couleurs étalent le prestige,
Et font à l'odorat, comme les yeux charmé,
Respirer le plaisir dans leur souffle embaumé?
Les femmes, dût s'en plaindre une maligne envie,
Sont ces fleurs, ornements du désert de la vie.
Reviens de ton erreur, toi qui veux les flétrir:
Sache les respecter autant que les chérir;
Et, si la voix du sang n'est point une chimere,
Tombe aux pieds de ce sexe à qui tu dois ta mere.

FIN DU POEME.

NOTES.

Page 17, vers 8.

Célébrer des humains la plus belle moitié.

Les citoyens Campenon, Auguste Creuzé et Dusaussoir ont aussi traité ce sujet en vers très agréables.

Page 21, vers 3.

Des fleurs par Valayer sur la toile jetées,
On est prêt à cueillir les tiges imitées.

Madame Valayer Coster excelle dans l'art de peindre les fleurs et la nature morte. Elle fut reçue, à l'âge de dix-neuf ans, membre de l'Académie royale de peinture. Deux de ses tableaux de ce genre, dont l'un représente les attributs de la peinture, et l'autre ceux de la musique, avoient prouvé un si grand talent, que ses juges les adopterent aussitôt comme tableaux de réception. On les admire au muséum de Versailles.

Page 21, vers 5.

On croit voir respirer les portraits précieux
Où Lebrun immortelle attache tous les yeux.

Madame Lebrun n'est pas célebre seulement par une foule de portraits qui l'ont placée à côté de Vandick; son talent s'est encore exercé sur des sujets qui ont mis le sceau à sa réputation. Je citerai *la Paix ramenant l'Abondance; Vénus liant les ailes de l'Amour;* et sur-tout *la Tendresse maternelle.* Elle s'est représentée dans celui-ci tenant sa fille entre ses bras : composition, dessin, couleur, expression, tout plaît et attache dans cet admirable ouvrage. Madame Lebrun quitta la France pour aller étudier l'Italie, d'après le droit accordé par les lois aux Artistes; et des Vandales s'empresserent de l'inscrire sur la liste des émigrés. En vain les hommes les plus célebres dans les sciences, dans les lettres et dans les arts, présenterent aux autorités une pétition pour son retour; ce n'est que sous le consulat de Bonaparte qu'elle a obtenu justice. Madame Lebrun est rendue à son pays : mais qui pourra dédommager l'école française des chefs-d'œuvre qu'elle a laissés chez l'étranger pendant dix années d'absence ?

Page 21, vers 9.

Lisons Riccoboni, Lafayette, Tencin.

Madame Lafayette et madame de Tencin s'illustrerent avant madame Riccoboni. La première composa *Zaïde* et la *Princesse de Cleves*; l'autre, les *Mémoires de Comminge*; et madame Riccoboni, le *Marquis de Cressy*, *Ernestine*, et d'autres romans délicieux.

Ibid. vers 11.

Et dans Cécilia, Sénange, et Théodore,
Dans ces tableaux récents l'Amour est peintre encore.

Ces trois romans sont d'auteurs vivants. *Cécilia* est de miss Burney. Cet ouvrage réussit à Paris comme à Londres; les caractères y sont parfaitement dessinés; le tableau de la société y est très bien saisi : c'est une des meilleures productions de la fin du 18e siecle.

Adele et Théodore est un roman de madame de Genlis. Il est, comme ses autres ouvrages, conduit avec habileté, et écrit avec beaucoup de charme. On y remarque sur-tout l'histoire d'une femme plongée par son mari jaloux dans un souterrain.

Adele de Sénange est de madame de Flahaut. Ce roman commença et fit la réputation de son auteur. Il parut dans le temps où nous étions inondés de ces sombres productions des romanciers anglais, qui croient plaire avec des spectres et des horreurs; et comme il n'a rien d'un si lugubre appareil, comme tous les ressorts en sont simples, il reposa agréablement de ces compositions tristes et convulsives. Mais il ne dut pas le grand succès qu'il obtint à ce seul contraste; il le dut sur-tout à l'intérêt de l'action, à l'ingénuité des caracteres, à la légèreté du style, à l'art des developpements; enfin à la découverte de ces nuances fines, de ces sentiments délicats, de ces expressions du cœur qu'une femme seule sait trouver.

Deux romans nouveaux de madame C... viennent de donner une rivale à mesdames de Genlis et de Flahaut: c'est *Malvina*, et *Amélie de Mansfield*. L'auteur s'étoit déja fait très-avantageusement connoître par celui de *Claire d'Albe.* Les deux derniers sont d'un talent encore plus élevé : on y trouve une imagination vive et féconde, et le style d'un écrivain habile à peindre les grandes passions.

Lorsqu'on cite les femmes qui écrivent en prose, on ne peut oublier madame de Staël, dont le talent est si distingué; ce n'est point la grace qui caractérise sa plume, ce sont des pensées fortes et des expressions ingénieuses.

Page 21, vers 14.

Un poëte voulut lui défendre les vers.

On se rappelle les stances charmantes de notre illustre Lebrun aux belles qui veulent versifier.

Ibid. vers 17.

Mais elle a su prouver que sous ses doigts légers
Soupire sans effort la flûte des bergers.

Les jolis vers de mesdames d'Haupoul-Beaufort, Bourdic-Viot, Verdier, Beauharnais, Dufrenoy, Pipelet, et Guichelin, justifient mon assertion.

Page 23, vers 4.

Elle vit dans son fils, et non plus dans soi-même.

Grétry, dans son excellent Essai sur la musique,

a dit sur l'amour maternel: *Le cœur d'une mere est le chef-d'œuvre de la Nature.* Ce mot est aussi vrai qu'ingénieux. En voici un autre très touchant. Une femme venoit de perdre son fils; un prêtre, invoquant la religion pour la résigner à son malheur, lui rappela le sacrifice d'Abraham: *Ah! mon pere*, s'écria-t-elle, *jamais Dieu ne l'eût exigé d'une mere!*

Page 23, vers 21.

D'une levre obstinée elle presse ses yeux,
Que ferme un voile impur à la clarté des cieux.

Cette action est vraie. Madame de Genlis, dans un de ses romans, raconte un fait semblable, à l'exception qu'il s'agit, dans son récit, d'une fille de quinze ans.

Page 24, vers 2.

Une seconde fois lui donna la lumiere.

Quand ce morceau fut achevé, on me rappela que Voltaire avoit dit sur le jeune Caumont sauvé par son pere à la Saint-Barthélemi:

« Une seconde fois il lui donna la vie. »

J'ai laissé cette réminiscence qui m'est échappée, parceque le mot *lumiere*, qui, dans mon vers, présente une autre acception que *la vie*, le rend différent de celui de la Henriade; et qu'enfin le tableau n'est pas le même.

Page 29, vers 20.

Bon La Fontaine, ô toi qui chantas l'amitié,
Avec La Sabliere ainsi tu fus lié.

Madame La Sabliere recueillit vingt années chez elle notre fabuliste qui étoit sans fortune, n'ayant jamais eu part aux faveurs du gouvernement; car l'autorité n'est que trop souvent disposée à oublier l'homme de talent qui ne sait pas intriguer ou faire sa cour. La Fontaine étoit de la plus grande insouciance sur ses affaires; madame La Sabliere s'en occupoit pour lui. Elle ne fut pas seulement son amie, elle fut son économe; elle régloit ses dépenses et son habillement. Il n'est qu'une femme qui sache entrer dans tous ces détails minutieux que l'amitié ennoblit. La Fontaine perdit une amie si précieuse. Madame d'Hervart la remplaça. La maniere dont ses services furent offerts et acceptés est remarquable. *J'ai appris*, dit madame d'Hervart à La

Fontaine, *le malheur qui vous est arrivé, et je viens vous proposer de loger chez moi. J'y allois*, lui répondit-il. Ce mot fait l'éloge de tous deux.

Page 31, vers 12.

Vous le prouvez, beaux jours de la chevalerie.

L'institution de la chevalerie eut le but le plus imposant, celui de défendre la foiblesse opprimée. L'anarchie et le brigandage, qu'amena dans l'Europe la division du vaste empire de Charlemagne, changerent les possesseurs de chaque fief en autant de petits souverains, qui se faisoient la guerre, et infestoient les routes. Le moindre château, le plus étroit donjon étoient redoutables: il en sortoit des soldats qui pilloient les marchands et enlevoient les femmes. Plusieurs seigneurs, au dixieme siecle, se liguerent pour protéger la tranquillité publique, et sur-tout défendre les femmes: ils s'appelerent leurs chevaliers. La galanterie vint s'unir à cet utile établissement. L'appui qu'il offroit à la beauté mit ses défenseurs à ses pieds. Chaque chevalier voulut avoir *sa dame*. Il ne faisoit serment que par Dieu et par elle; il ne combattoit qu'armé par ses mains et paré de ses couleurs; il cherchoit à se rendre digne d'elle par des exploits. Sans doute cette institution eut ses ridicules, comme tout ce qu'on exagere. Elle mêla au courage une forfanterie, à l'amour une soumission qui passerent les bornes, et fournirent à la comédie plusieurs scenes plaisantes; elle inonda l'Europe de longs romans, dont l'auteur de *Don Quichotte* s'est moqué avec raison; mais elle produisit de grands hommes, mais elle fit faire de belles actions. Enfin elle servit la morale, en adoucissant l'âpreté de la valeur par le culte de l'amour délicat, en inspirant à toutes les ames une sensibilité plus exaltée, un zele plus ardent pour les opprimés; et elle plaira toujours à l'imagination par le tableau de ses chiffres, de ses rubans, de ses devises qui dans les combats ornoient toutes les armures, et par la pompe de ses tournois et de ses fêtes, où la vaillance et l'adresse se déployoient devant une assemblée de femmes brillantes de parure et de charmes. Les croix, les cordons, firent tomber la chevalerie, et ne la remplacerent pas. Peut-être il conviendroit au gouvernement républicain d'en ranimer parmi nous l'esprit, propre à rappeler l'urbanité française, en faisant, dans nos fêtes triomphales, donner par des femmes la récompense qu'il décerne aux guerriers.

Page 33, vers 2.

Il faut que Mars toujours soit l'amant de Vénus.

L'amour du dieu de la guerre pour la déesse de la beauté est une des plus séduisantes fictions de la mythologie. Il a fourni à Lucrece le magnifique début de son poëme de la Nature. J'en ai hasardé une imitation en vers : peut-être ne paroîtra-t-elle pas déplacé dans les notes d'un poëme sur les femmes.

O mere des amours! ô mere des Romains!
Vénus, charme éternel des dieux et des humains,
Toi seule, embrasant tout de ton feu salutaire,
Peuples l'air et les eaux, et fécondes la terre.
Tu parois: les frimas reconnoissent ta loi;
Les vents respectueux se taisent devant toi;
L'hiver s'est éloigné; Cybele, au loin riante,
Etale de ses fleurs la parure odorante;
L'Océan applani roule limpide et pur;
Et le ciel resplendit de son plus riche azur.

Quand le printemps renaît, dès qu'on sent dans la plaine
Des zéphyrs créateurs souffler la douce haleine,
Soudain, remplis de toi, par mille chants d'amour,
Les habitants de l'air célèbrent ton retour.
Des coursiers, des taureaux les troupes vagabondes
S'élancent dans les prés ou traversent les ondes;
Tout ce qui vit enfin suit ton aimable voix.
Dans les mers, dans les champs, sur les monts, dans les bois,
Pénétrant tous les cœurs, ta volupté féconde
Par l'attrait des plaisirs renouvelle le monde.
Viens donc, viens m'inspirer, ame de l'univers,
Principe de la vie et des êtres divers,
Des graces, du bonheur source éternelle et pure;
Tu me dois ton appui, je chante la nature.
Je chante; et Memmius, que tes dons les plus chers
Ont orné dès l'enfance, est l'objet de mes vers.
Prête-leur, ô Vénus! une grace immortelle,
Que le temps, comme toi, rende toujours nouvelle.

Ordonne cependant qu'aux plus lointains climats
La paix éteigne enfin la fureur des combats.
Tu peux seule imposer silence au bruit des armes.
Souvent ce dieu si fier qui préside aux alarmes
Repose dans tes bras; là, d'amour consumé,
Mars, penché sur ton sein, palpitant, enflammé,
Et, l'ame suspendue aux levres qu'il adore,
Repaît de volupté son œil qui te dévore.

Ah! lorsque tu tiendras cet amant éperdu
Sur tes charmes sacrés mollement étendu,
Que, par un doux parler, ta bouche enchanteresse
Verse au fond de son cœur une paisible ivresse.
Aux jours où la Discorde agite ses flambeaux
Oserois-je chanter? Et le fils des héros,
Memmius, pourroit-il, à sa gloire infidele,
Trahir, pour m'écouter, tout l'état qui l'appelle?

Oui, Memmius, de Rome écarte le danger.
Il faut, pour la science où je dois t'engager,
Un esprit libre, calme, et qui, brûlant d'apprendre,
Ne puisse s'en distraire avant de la comprendre.
Je veux te dévoiler le système des cieux,
L'ordre de l'univers, l'existence des dieux.
Je veux, te délivrant des erreurs populaires,
De la création t'enseigner les mysteres.
Tu sauras, par les lois qu'Epicure décrit,
Comment tout naît, s'éleve, et comment tout périt;
Quels sont ces premiers corps, seuls principes du monde.
Car les dieux, endormis dans une paix profonde,
Sans s'occuper de nous, avec tranquillité,
Savourent les douceurs de l'immortalité.
Loin des évènements qui passent sur la terre,
Dans eux-même enfermés, leur grandeur solitaire,
D'un œil indifférent, sans crainte, sans douleur,
Voit parmi les humains le crime et le malheur.

Long-temps un monstre affreux qui, du milieu des nues,
Tenoit sur l'univers ses ailes étendues,
La Superstition, usurpant des autels,
De sa chaîne sacrée accabla les mortels.
Dans ce commun effroi, du sein de la poussiere,
Un Grec leva les yeux sur cette idole altiere;
Le premier, immobile, il l'osa contempler.
Dans son calme insultant, rien ne put l'ébranler,
Ni ces dieux si vantés, ni le bruit de leur foudre,
Ni les cieux enflammés prêts à le mettre en poudre.
L'obstacle l'enhardit, et, brûlant d'arracher
Le voile où la nature a voulu se cacher,
Son génie, échappé des limites du monde,
Parcourut à grands pas l'immensité profonde;
Et, pénétrant enfin dans ses trésors ouverts,
Vainqueur, il les versa sur l'aveugle univers.
Il enseigna des corps les bornes et l'essence:
Par là du fanatisme il frappa la puissance;
Et, foulant sous ses pieds ce fantôme odieux,
L'homme, éclairé par lui, marcha l'égal des dieux.

Mais ne t'alarme pas de ces leçons hardies.
Ne crois pas qu'élevant des systêmes impies
J'attaque la morale, oracle des humains,
Et veuille des forfaits leur ouvrir les chemins.
La Superstition seule ordonna des crimes.
N'est-ce pas en suivant ses horribles maximes

Que les princes des Grecs ont offert sous leurs coups
Le sang d'Iphigénie à Diane en courroux?
Quel spectacle!... une illustre et jeune infortunée
Des voiles de la mort la tête couronnée!
Près de l'autel, son pere accablé de douleurs!
A ses côtés vingt rois, et leur armée en pleurs!
Le couteau saint caché sous l'habit des ministres!
La belle Iphigénie, à ces apprêts sinistres,
Muette, se prosterne en détournant les yeux.
De quoi lui sert, hélas! dans ce jour odieux,
Que son sang soit illustre, et qu'elle ait la premiere
Au grand Agamemnon donné le nom de pere?
De ses bourreaux sacrés le cortege cruel
La souleve tremblante, et la porte à l'autel,
Non pas pour y serrer les doux nœuds d'hyménée,
Au milieu d'une cour sur ses pas entraînée,
Mais pour y recevoir, par l'ordre paternel,
A la fleur de ses ans un trépas solennel.
Eh! quel étoit le but d'un si grand sacrifice?
Le départ des vaisseaux!... l'espoir d'un vent propice!
O Superstition, voilà donc tes fureurs!...

Page 33, vers 7.

N'a-t-on pas vu jadis une femme grand homme
S'opposer dans Palmyre aux ravages de Rome?

Une autre, vers l'Euphrate enchaîné sous sa loi,
Combattre en conquérant et gouverner en roi?

L'une est *Zénobie*, l'autre *Sémiramis*. *Zénobie* monta sur le trône de Palmyre, ville de la Syrie, l'an 267 de l'ere chrétienne. Elle battit elle-même les Romains en Égypte et en Perse. Mais elle fut vaincue par l'empereur Aurélien, et tomba entre ses mains.

Sémiramis devint reine de Babylone vers l'an 1229 avant J. C., en succédant à Ninus son mari. Elle remporta en personne plusieurs victoires. Elle fut l'effroi des monarques de l'Asie; elle ôta ou donna le sceptre à plus d'un roi.

Beaucoup d'autres souveraines furent guerrieres. Les plus célebres sont Tomyris, reine des Scythes, qui vainquit Cyrus; Baodicée, reine des Bretons, qui combattit les Romains; Marguerite Waldemar, reine de Danemarck, qui conquit deux royaumes; Marguerite d'Anjou, reine d'Angleterre, qui livra douze batailles pour replacer sur le trône Henri VI son époux; Jeanne de Montfort, duchesse de Bretagne, qui, après beaucoup de sieges, de combats sur terre et sur mer, mit enfin la couronne sur la tête de son fils; et Henriette d'Angleterre, femme de Charles Ier, fille de Henri IV, qui repassa neuf fois l'océan pour combattre Cromwel.

Page 33, vers 12.

Non: mille autres encor, sans être souveraines, etc.

Sans rappeler les annales des républiques anciennes, l'histoire moderne nous a transmis des exemples nombreux de la vaillance de femmes qui ne furent point assises sur le trône. Au temps des croisades on en vit une foule combattre en Asie. Dans l'invasion des Turcs, les habitantes des isles de l'Archipel et de la Méditerranée, et, dans les guerres de la France, les habitantes d'Aix, de Marseille, et de Péronne, repousserent intrépidement les ennemis.

Ibid. vers 21.

Fiere Telesilla, j'atteste tes exploits.

Telesilla naquit à Argos, dans le Péloponnese. Elle étoit poëte et guerriere. Entre autres exploits, elle délivra, l'an 557 avant J. C., sa patrie assiégée par Cléomene, roi de Sparte. Ses concitoyens lui érigerent dans la place publique une statue qui la représentoit ayant un casque à la main et des livres à ses pieds.

Page 34, vers 1.

Jeanne d'Arc; Orléans trembloit pour ses murailles, etc.

C'est l'an 1429 que Jeanne d'Arc, paysanne née à Domremi, se signala en faisant lever aux Anglais le siege d'Orléans, et en conduisant Charles VII à Reims pour y être sacré.

L'an 1472, une autre Française, nommée Hachette, sauva Beauvais assiégée par le duc de Bourgogne: elle parut sur la breche à la tête des femmes de cette ville, arracha le drapeau qu'on y vouloit arborer, et renversa au bas de la muraille le soldat qui le portoit.

Page 35, vers 8.

Veut de Calais domté livrer les six victimes.

Dans la guerre de Philippe de Valois et d'Édouard III pour le trône de France, la ville de Calais, fidèle aux droits de Philippe que la loi salique y appeloit, avoit soutenu un siege de onze mois. Cette défense opiniâtre irrita le vainqueur qui vouloit tout passer au fil de l'épée; il ne se laissa désarmer que sous la condition que six habitants de cette ville lui seroient remis les pieds nuds, les mains liées, et la corde au cou. Six se présenterent dans cet état. Édouard ordonnoit leur supplice; mais la reine, par ses pressantes sollicitations, obtint leur grace. Cet évènement arriva l'an 1347.

Page 36, vers 5.

Ouvre-toi, triste enceinte, où le soldat blessé, etc.

Les garde-malades, dans les hôpitaux militaires et civils, étoient en France, avant la révolution, et sont encore dans l'Europe des religieuses, appelées Sœurs de la charité. On ne peut trop admirer la constance avec laquelle elles remplissent une si triste fonction.

Page 37, vers 7.

Dévouant Antigone aux horreurs de la faim.

Les anciens attachoient une grande importance à être inhumés. Polynice, expirant sous les coups d'Étéocle, conjura sa sœur Antigone de l'ensevelir. Comme il avoit porté les armes contre sa patrie, les magistrats défendirent sous peine de mort de lui rendre les derniers honneurs. Antigone désobéit à la loi, et fut condamnée à périr de faim dans un antre que l'on mura sur elle.

Page 37, vers 16.

Qu'a fait cette Eponine à l'échafaud conduite?

Éponine avoit épousé Sabinus, prince gaulois, qui se révolta, vers l'an 69 de l'ere chrétienne, contre l'empereur Vespasien. Il fut vaincu, et se cacha dans un souterrain. Il fit savoir le lieu de sa retraite à Éponine. Cette tendre épouse vint l'y trouver, l'y servit pendant neuf ans, et y accoucha de deux enfants. Leur asyle fut découvert. Vespasien les fit périr tous deux, sans respect pour la vertu d'Éponine. La belle Panthée, femme d'Abradate, Porcia, femme de Brutus, Pauline, femme de Séneque, Arria, femme de Pœtus, et Camma, veuve de Sinate, dont elle vengea l'assassinat en s'empoisonnant avec son meurtrier, se rendirent immortelles comme Éponine, par ce sublime empressement à s'immoler pour un époux.

Page 39, vers 8.

Du tombeau d'un époux protege sa vertu.

Ce trait est historique. L'héroïne étoit femme de Jean-Baptiste de la Porte, gouverneur de Bassano, qu'elle défendit vaillamment, mais en vain, après la mort de son mari, tué pendant le siege de cette ville.

Ibid. vers 9.

Que ne peut le devoir sur ces ames fideles...

La fidélité conjugale rappelle le nom de Pénélope, dont la constance honora tant l'hyménée. Ovide a fait sur cette reine une héroïde touchante, dont la traduction que j'ai hasardée ne sera pas déplacée ici.

Ulysse, toi dont rien n'annonce
Le retour à mon cœur surpris,
Cher époux! c'est moi qui t'écris;
Toi-même à Pénélope apporte la réponse.
Il est, après dix ans, sur la poudre étendu
Cet Ilion, haï des filles de la Grece;
Mais a-t-il pu souffrir autant que la tendresse
De l'épouse qui t'a perdu?
Plût aux dieux que sur l'onde eût péri l'adultere

Dont les feux ont souillé la cour de Ménélas!
Pleurante, et te cherchant trop vainement hélas!
Je ne languirois point dans mon lit solitaire;
Je ne me plaindrois pas de la lenteur des jours;
Et, pour tromper des nuits la course encor plus lente,
Je ne déferois pas, d'une main défaillante,
L'ouvrage ingénieux que je refais toujours.
Combien j'ai tremblé pour ta vie!
L'amour craint tout; l'amour, me peignant ton trépas,
Te prêtoit des dangers que tu ne courois pas.
Je voyois sur toi seul fondre toute l'Asie.
Je demandois sans cesse: Existe-t-il encor?
Je pâlissois au nom d'Hector!
Patrocle, qui d'Achille a revêtu les armes,
Tomboit-il par Hector percé?
Par Hector Antiloque étoit-il renversé?
Antiloque, Patrocle, augmentoient mes alarmes;
Je croyois voir Ulysse avec eux terrassé.
Enfin, dès que la renommée
M'apportoit d'un revers la nouvelle semée,
Ce funeste récit redoubloit ma frayeur;
Et chaque trait lancé venoit frapper mon cœur.
Mais l'amour a veillé sur des jours que j'adore;
Les Troyens ne sont plus, et toi, tu vis encore.
Tous les Grecs de retour font fumer les autels;
Leur proie est déposée aux pieds des immortels;
Leurs filles aux dieux rendent graces
Pour un pere sauvé, qui, près des siens assis,

Tranquille, d'Ilion raconte les disgraces:
Les vieillards, les enfants, tremblants à ces récits,
Admirent en silence; et l'épouse, éperdue,
Aux levres d'un époux écoute suspendue.
Souvent sa main, à leurs regards,
Sur la table de vin rougie,
Dessine ces combats donnés dans la Phrygie,
Et d'Ilion détruit rebâtit les remparts.
Là, couloit le Xanthe tranquille;
Le Sigée, en ces lieux, s'avançoit dans les mers;
Là, le palais des rois s'élevoit dans les airs;
Là, combattoit Ulysse, ici campoit Achille;
Plus loin Hector sanglant, à son char enchaîné,
Effraya les chevaux dont il étoit traîné.
J'ai su tous ces détails célebres
D'un fils qui de Nestor les avoit tous appris.
Il m'a conté Delon par tes regards surpris,
Et Rhésus par ton bras frappé dans les ténebres.
Mais comment, oubliant ton épouse et ton fils,
Osas-tu pénétrer le camp du roi de Thrace,
Et, d'un seul homme aidé, braver tant d'ennemis?
Jadis plus amoureux, Ulysse eut moins d'audace!
Dieux! combien ce récit m'a fait pâlir! mon cœur
Trembloit encor de crainte en te sachant vainqueur.
Mais que me sert, hélas! cet exploit qui t'honore,
Cet Ilion détruit par les Grecs et par toi,
Si tu fuis, cher époux, l'épouse qui t'adore,
Comme aux jours où ses murs te retenoient encore?

Renversé pour les Grecs, il existe pour moi!
Déja la moisson flotte à la place où fut Troie;
Le sol s'est engraissé du sang de ses héros;
Le soc, dont le vainqueur le déchire avec joie,
Brise leurs ossements, qui dorment sans tombeaux,
Et l'herbe croît déja sur ces remparts si beaux,
Sur ces palais pompeux dont Vulcain fit sa proie.
Tu triomphes enfin, et ne m'apportes pas
Les fruits sanglants de ta conquête!
Et j'ignore quel lieu me dérobe tes pas!
Dès que sur cette rive un étranger s'arrête,
Je l'interroge, et n'apprends rien.
Je lui remets enfin ces mots pour te les rendre,
Si son vaisseau jamais peut rencontrer le tien,
Ces mots, où le cœur le plus tendre
Implore ta présence, au moins ton entretien.
J'écris souvent à Sparte, à Pylos, à Larisse:
Sur ces bords, m'a-t-on dit, tu n'es point descendu.
J'ai demandé par-tout Ulysse;
L'univers sur ton sort ne m'a rien répondu.
Imprudente! mes vœux hâtoient le sort de Troie:
Puisse-t-elle des Grecs braver encor les coups!
Ah! je saurois du moins où combat mon époux,
Je ne craindrois que Mars; et j'aurois cette joie
De ne pas gémir seule, et de voir d'autres cœurs,
Malheureux comme moi, partager mes frayeurs.
J'ignore ce que je redoute,
Et je crains tout. Je crains que les périls divers

Sans cesse renaissants sur la terre et les mers,
Ne te retardent dans ta route.
Mais peut-être, tandis que ce cœur plein d'effroi
Cherche de ton retard les causes incertaines,
Tandis que je tremble pour toi,
Quelque amour te retient sur des rives lointaines!
Peut-être à cet objet dont tu portes les chaînes,
Contes-tu les défauts qui m'ont ravi ta foi;
Peut-être... Je me trompe, Ulysse est plus fidele;
De toutes les vertus Ulysse est le modele.
Il ne sauroit trahir un cœur tel que le mien.
Oui, je crois mériter les sentiments du tien.
Mon pere, Icarius, lassé de ton silence,
Parlant toujours pour tes rivaux,
Me presse de voler à des liens nouveaux,
Et de quitter un lit, sacré dans ton absence.
Je rejette toujours une cruelle loi.
De plaire, de changer, je ne suis point jalouse;
Je fus à toi, jamais je ne serai qu'à toi;
Et Pénélope enfin veut mourir ton épouse.
Voilà ce que je dis à mon pere alarmé:
Mes discours et mes pleurs l'ont enfin désarmé.
Mais, sortis des isles voisines,
Cent rivaux, de leurs feux, m'accablent chaque jour:
Amants usurpateurs, ils regnent dans ta cour.
Que dis-je? Antinoüs montant sur tes ruines,
Médonte, Polidor, tous ces lâches sujets,
Dont ta trop longue absence enhardit les projets,

Sement dans tes états leurs fureurs intestines.
Irus lui-même, Irus, qui, par le sort frappé,
Mendioit autrefois sa vie,
Aujourd'hui, dépouillant son maître et sa patrie,
Fatigue les regards de son faste usurpé.
Ils veulent tous ma main et le sceptre d'Ithaque :
Nous ne sommes que trois dont le bras les défend,
Laërte, Pénélope, et ton fils Télémaque;
Mais que peut une femme, un vieillard, un enfant,
Un enfant, que déja leur fureur environne
Pour s'ouvrir les chemins des autels et du trône?
Hélas! aux dieux, mes seuls soutiens,
Je demande toujours qu'achevant sa carriere,
Ce fils, à notre heure derniere,
Ferme tes yeux, ferme les miens.
Eumée et Philetès, confidents de mes larmes,
Me prêtent, aux autels, le secours de leurs vœux :
Des prieres, des pleurs, voilà nos seules armes!
Télémaque, s'il vit, deviendra valeureux
Sans doute; mais, dans son aurore,
Des secours de son pere il a besoin encore :
Et moi, puis-je chasser des tyrans dangereux?
C'est en toi seul qu'Ithaque et ta famille espere.
Ulysse, reviens donc pour leur prêter ton bras;
Reviens. Ton fils, brûlant de marcher sur tes pas,
Demande les leçons d'un pere
Dans l'art de la parole, et dans l'art des combats.
Sur le bord de la tombe, où l'attend le trépas,

Laërte veut ta main pour fermer sa paupiere.
Pour moi, que tu quittas dans mes premiers beaux jours,
Si tu tardes, bientôt j'atteindrai la vieillesse;
Et je n'aurai de ma jeunesse
Que le cœur qui t'aima toujours.

Page 39, vers 14.

Combien leurs sentiments les rendent magnanimes!

On ne sauroit penser sans attendrissement et sans reconnoissance à l'attachement courageux, à la persévérance infatigable que les femmes, en général, montrerent à l'époque de la Terreur pour les proscrits qui leur étoient attachés par les nœuds de la nature, du cœur, ou de l'hyménée. D'abord, au nombre de quinze à seize cents, elles présenterent à la Convention une pétition en leur faveur. Depuis, dans toutes les villes où l'on emprisonna, où l'on égorgea, il n'est pas de périls que les femmes ne braverent, pas de sollicitations qu'elles ne firent, pas de sacrifices qu'elles ne s'imposerent, pour sauver, ou pour voir et consoler les objets de leurs affections; et plus d'une fois, lorsqu'elles ne purent ni obtenir leur liberté ni les défendre, elles partagerent volontairement leur captivité et leur trépas. Il m'eût été bien doux de rendre hommage à toutes ces héroïnes en rappelant leurs noms et les monuments de leur magnanimité; mais comment rassembler des faits innombrables? J'en ai du moins recueilli quelques uns (1). Ils suffiront pour attester la vérité de mes vers, et la bonté de ces anges consolateurs qui, dans des jours de crime, ont remplacé la Providence.

Madame Lefort, dans un des départements de l'Ouest, trembloit pour son mari, incarcéré comme conspirateur: elle acheta la permission de le voir. Au déclin du jour, elle vole le trouver avec des vêtements doubles; elle obtient de lui qu'ils changeront d'habillements, et qu'ainsi déguisé il sortira de la prison et l'y laissera. Le projet réussit; l'époux s'échappe. Le lendemain on découvre que sa femme a pris sa place. Le représentant lui dit d'un ton menaçant: *Malheu-*

(1) On rencontrera dans la narration de ces faits les noms de la Bourbe, de la Conciergerie, du Plessis, du Luxembourg, de l'Abbaye, de la rue de Sevres, de Port-libre: c'étoient des maisons d'arrêt de Paris.

reuse, qu'avez-vous fait? Mon devoir, répond-elle; *fais le tien.*

Un semblable stratagême arriva à Lyon, quand cette cité valeureuse, forcée de se soumettre à ses vainqueurs, devint le théâtre des plus barbares exécutions. Un des habitants alloit être saisi: sa femme l'apprend; elle se hâte de l'avertir, lui donne son argent, ses bijoux, le contraint de s'éloigner, et se couvre des habits de cet époux menacé. Les sicaires arrivent, et le demandent; sa femme, vêtue comme lui, se présente; on la conduit au comité. Bientôt l'erreur est reconnue. On l'interroge sur son mari: elle répond qu'elle l'a fait fuir, et qu'elle se glorifie de s'être exposée pour lui sauver la vie. On lui présente l'image du supplice si elle ne révele la route qu'il a prise: *Frappez quand il vous plaira*, répond-elle, *je suis prête.* On ajoute que l'intérêt de la patrie lui commande de parler; elle s'écrie: *La patrie ne commande pas d'outrager la nature.*

Des agents de Robespierre furent envoyés à la Ferté-sous-Jouarre pour s'emparer du citoyen Regnard, ancien maire de cette ville. On l'accusoit de s'être montré trop respectueux pour le roi revenant de Varennes, que sa place lui preécrivoit de recevoir. Sa femme essaya de le justifier près des commissaires; mais, croyant voir dans leurs yeux la mort certaine de son mari, elle passa désespérée dans son appartement. Là, elle déposa tout ce qu'elle avoit de précieux sur elle, courut au bout de son jardin qui donnoit sur la Marne, et se précipita dans cette riviere. Le citoyen Regnard n'apprit qu'au Luxembourg la fin déplorable d'une épouse qui méritoit tous ses regrets par son attachement et son esprit.

Paris vit, comme les départements, se multiplier les prodiges de la tendresse conjugale.

Madame Lavalette, détenue à la Bourbe avec son mari, est instruite qu'il se rend au tribunal: elle court vers lui, s'attache à son cou, enlace ses jambes dans les siennes, et supplie le guichetier de les laisser partir ensemble. On lui refusa cette triste faveur.

Madame Davaux l'obtint (1). Son mari, autre-

(1) Extrait du livre intitulé, *la Philosophie du bonheur*, par le citoyen Delille Desalle, auteur de *la Philosophie de la nature*. Cette nouvelle production renferme toute l'érudition, toute l'éloquence de la premiere.

fois lieutenant-général du présidial de Riom, avoit été arrêté dans cette ville, et devoit être transféré à la Conciergerie; il gémissoit sous le poids de l'âge et des infirmités. Madame Davaux prévit le sort dont il étoit menacé, et voulut partager le sanglant sacrifice. Elle n'avoit contre elle aucun mandat d'arrêt, et, libre, elle s'élança sur la voiture qui conduisoit à Paris les prisonniers des départements. A leur arrivée elle fut enfermée comme eux, et périt quelques mois après sur l'échafaud, à côté de son époux qu'elle tenoit embrassé.

Madame Lavergne, femme du commandant de Longwy, éleva pour lui la voix au tribunal révolutionnaire, lorsqu'il y fut interrogé sur la reddition de cette place. Effort impuissant! sa sentence fut prononcée devant elle. Elle n'écouta plus que le désespoir; il suffisoit de proférer le cri de Vive le roi pour être immolé: elle en fit retentir la salle. En vain les juges voulurent la regarder comme aliénée; elle s'obstina à répéter ce cri favorable à sa résolution jusqu'à ce qu'elle obtint d'être elle-même condamnée.

Madame Roland, femme du ministre, le défendit à la barre de la Convention avec autant de fermeté que d'éloquence. Arrêtée, et ne pouvant plus lui être utile, elle lui légua l'exemple d'une mort intrépide, par le calme avec lequel elle marcha à l'échafaud.

Madame Claviere (1), femme d'un autre ministre républicain, s'exposa vingt fois, après le 31 mai, à être mise en arrestation par les démarches qu'elle fit pour son mari détenu. Claviere dédaigna de paroître au tribunal de sang où l'attendoient ses ennemis, et se plongea un couteau dans le cœur, en prononçant ces vers de Voltaire :

Les criminels tremblants sont traînés au supplice;
Les mortels généreux disposent de leur sort.

Madame Claviere reçoit cette nouvelle : elle met ordre à ses affaires, console ses enfants, et se tue avec la tranquillité de Socrate.

On déposa au Plessis des malheureux amenés à Paris pour y être jugés. L'un d'eux avoit une femme jeune et belle, qui ne s'étoit point séparée de lui. Comme elle se promenoit dans la cour avec les autres prisonniers, on appela son mari

(1) Extrait d'un excellent écrit du tribun Riouffe, intitulé, *les Mémoires d'un détenu.*

au guichet. Elle pressent que c'est le signal de sa perte ; elle veut le suivre. Le geolier s'y oppose ; mais, forte de sa douleur, elle renverse tout, elle se précipite dans les bras de son mari, elle s'attache à lui pour avoir au moins la triste douceur de partager son sort. Des gardes les séparent. *Barbares*, leur dit-elle, *je n'en mourrai pas moins*. En même temps elle s'élance vers la porte de fer de la prison, s'y brise la tête, et tombe expirante.

On avoit conduit le maréchal de Mouchy au Luxembourg ; à peine y étoit-il que sa femme s'y rend. On lui représente que l'acte d'arrestation ne fait pas mention d'elle ; elle répond, *Puisque mon mari est arrêté, je le suis aussi*. Il est traduit au tribunal révolutionnaire ; elle l'y accompagne. L'accusateur public l'avertit qu'on ne l'a point mandée ; elle répond, *Puisque mon mari est mandé, je le suis aussi*. Enfin il reçoit son arrêt de mort ; elle monte avec lui dans la charrette meurtriere. Le bourreau lui dit qu'elle n'est point condamnée : *Puisque mon mari est condamné, je le suis aussi*. Telle fut son unique réponse. On les exécuta ensemble.

Si l'hymen, dans ces temps horribles, fit tout

pour les malheureux, on juge que l'amour, plus exalté, plus impétueux, ne se laissa pas vaincre en générosité. La maîtresse du citoyen Caussé, négociant à Toulouse, en donna un exemple.

La commission révolutionnaire de cette ville l'avoit condamné; il étoit nuit lorsque l'on prononça son arrêt: l'exécution fut donc remise au lendemain. Sa maîtresse apprend ce délai, et se dispose à en profiter pour le soustraire aux bourreaux. Une maison non habitée touchoit au lieu où il devoit passer la nuit: sa maîtresse, qui, dans le cours de son affaire, avoit tout vendu pour répandre l'or en sa faveur, achete sur-le-champ cette maison. Elle y vole, suivie d'une femme-de-chambre dont elle étoit sûre. Elles percent toutes deux le mur contigu à la prison, et y font une ouverture assez grande pour donner une issue au captif qu'elles veulent délivrer: mais les environs étoient remplis de gardes; comment le dérober à leurs yeux? Un déguisement militaire, que cette prévoyante amie avoit apporté, favorise son évasion. Elle-même, vêtue en gendarme, le guide parmi les sentinelles. Ils traversent ainsi la ville sans être reconnus; et passerent même devant la place où l'on dressoit déja l'instrument qui dévoit trancher des jours que l'amour sut conserver.

L'amour sauva aussi un jeune homme de Bordeaux, jeté dans l'une des prisons de cette ville. L'air mal-sain qu'il y respira avoit altéré sa santé; il fut transféré à l'hôpital. Une jeune sœur, nommée Thérese, se vit chargée de lui donner des soins. Il étoit d'une figure charmante, et y joignoit les avantages de la naissance et de la fortune. Il l'intéressa d'abord par la douceur de sa physionomie; et, lorsqu'il lui eut raconté ses malheurs et ses craintes, la compassion acheva ce qu'un tendre intérêt avoit commencé. Elle résolut de le faire évader. Après lui avoir communiqué ce dessein, sans lui avouer son penchant, elle lui recommanda de simuler des convulsions violentes, et de feindre enfin l'état de mort. Le jeune homme exécuta le stratagême convenu. La sœur Thérese, selon l'usage étendit sur sa tête le drap de son lit. Le médecin passa devant lui à l'heure accoutumée; elle lui annonça que le malade venoit d'expirer; il s'éloigna sans soupçonner qu'elle le trompoit. Le soir arrivé, la sœur Thérese supposa que le prétendu mort étoit réclamé pour l'instruction des éleves, et le fit transporter à la salle de dissection. Dès qu'il y fut rendu, elle le couvrit des habits d'un chirurgien qui étoit dans leur secret; et, à la faveur de ce vêtement, il s'échappa sans être remarqué. La ruse ne fut découverte que le lendemain. On interrogea la sœur Thérese, qui ne se permit aucune dissimulation, et en imposa tellement par sa franchise, qu'elle fut épargnée. Cependant elle avoit inspiré un sentiment encore plus vif que celui qu'elle éprouvoit; le jeune Bordelais l'engagea à venir le trouver dans son asyle; et là, tombant à ses pieds, il la conjura d'embellir l'existence qu'il lui devoit en consentant à devenir son épouse. On juge qu'elle ne refusa pas; elle recevoit le bonheur en le donnant. Ils s'enfuirent tous deux en Espagne, où ils se marierent.

Une veuve, à la fleur de l'âge, déploya pour son amant, incarcéré dans le département du Nord, une énergie dont le succès ne fut pas aussi heureux. A la premiere nouvelle de sa détention, elle courut solliciter sa délivrance; on la repoussa: elle demanda à le voir, ou à être renfermée avec lui: on lui refusa tout. Elle vola vers sa prison qui donnoit sur la rue, et y attendit l'occasion de l'appercevoir : il parut à une fenêtre : on sent ce qu'éprouverent alors ces amants. Elle vint ainsi pendant quelque temps affronter la pluie, le vent, et les sentinelles, pires que toutes les injures de l'air, pour obtenir une courte entrevue (1). Mais un jour, au moment où elle arrivoit, quel spectacle frappe ses yeux ! une charrette partant pour le supplice, et son amant lié avec plusieurs autres victimes. A cet aspect, elle se précipite sur les che-

(1) Il en fut de même à Paris. Tous les jours, dans toutes les saisons, le jardin du Luxembourg étoit rempli de femmes qui, malgré l'excès de la chaleur ou du froid, venoient y passer la matinée pour entrevoir un instant aux fenêtres ou sur les toits du bâtiment, leurs freres, leurs peres, leurs maris enfermés ; pour leur adresser ou recevoir d'eux un regard, un geste, un témoignage d'attachement et de regret. Quelques unes firent plus : en dehors d'autres prisons où des égouts correspondoient, elles se pencherent sur ces eaux infectes pour entretenir un ami, un parent, et les rassurer par les protestations les plus tendres contre la défiance trop naturelle au malheur.

vaux, veut les arrêter, appelle le peuple à son secours, le supplie d'empêcher la mort de ce qu'elle aime. Les satellites la saisissent; elle cherche à se dégager de leurs mains pour revoler vers l'infortuné qu'on entraîne : toujours retenue par eux, elle leur reproche leur lâche obéissance à des tigres; elle les conjure de l'unir au sort de ce qu'elle a de plus cher au monde. Ils veulent l'éloigner; alors elle saisit le sabre de l'un d'eux, et se le plonge dans le cœur. Son sang jaillit; la multitude s'émeut, les soldats restent stupéfaits; l'amant est éperdu, ses compagnons d'infortune oublient le coup qui les attend pour ne s'occuper que de son affreuse position. Cependant les municipaux accourent et font enlever le cadavre. La voiture homicide arrive à sa cruelle destination; les condamnés tombent sous la hache; et le souvenir du suicide de cette amante magnanime va se perdre dans les torrents de sang que chaque jour voit couler.

Madame C....r ne put également prouver son amour au citoyen Boyer qu'en mourant avec lui. Ils étoient détenus ensemble à Paris. Un jour Boyer est cité au tribunal comme témoin. Ses compagnons d'infortune sentirent qu'ils ne le reverroient plus, et tous les yeux se porterent sur sa maîtresse. Elle parut fort calme; elle s'enferma pour écrire. Un de ses amis, craignant que cette tranquillité apparente ne cachât un projet sinistre, épia ses démarches, et intercepta une lettre qu'elle avoit écrite à l'accusateur public. Cette lettre lui apprit tout ce qui se passoit dans cette ame brûlante. Madame C....r y faisoit des vœux pour le retour de la royauté: c'étoit demander la mort; elle l'attendoit. Mais ne recevant pas de nouvelles, elle craignit que sa lettre ne fût point parvenue: elle en écrivit une autre, et prit ses mesures pour qu'elle arrivât. Cependant on lui cachoit les journaux, parceque Boyer étoit sur la liste des suppliciés: elle dit à ses amis: *Je sais qu'il n'est plus; ne me déguisez rien; j'ai du courage.* On lui avoua qu'elle avoit tout perdu. Elle reçut ce dernier coup avec la plus grande fermeté, et se retira une seconde fois dans son appartement. Là elle relut toutes les lettres de son amant, s'en fit une ceinture, et passa le reste de la nuit à le pleurer. Le lendemain elle s'habilla avec recherche; et, à l'heure du déjeûner, comme elle étoit à table avec les autres prisonniers, elle entendit la cloche. *C'est moi que l'on vient chercher*, s'écria-t-elle avec joie : *adieu, mes amis; je suis heureuse, je vais le suivre !* A ces mots elle coupa ses beaux cheveux, les partagea entre ses amis, donna ensuite à l'un une bague, à l'autre un collier; et les quitta après les avoir priés de jeter quelquefois un regard sur ses présents. Elle vola au tribunal. On lui demanda si elle étoit l'auteur de la lettre qui l'y faisoit appeler : *Oui, monstres, c'est moi qui vous l'ai adressée; vous avez assassiné mon amant, frappez-moi à mon tour; je vous apporte ma tête.* Arrivée sur l'échafaud, elle s'écria : *C'est ici qu'il a péri, hier, à la même heure; je vois son sang : bourreau, viens-y mêler celui de son amante.* Après avoir prononcé ces mots, elle se livra au fer assassin, en répétant jusqu'au dernier moment le nom qu'elle adoroit.

Une autre femme se signala, après le trépas de son amant, par un transport d'un caractere différent, mais qui n'est pas moins tendre.

Elle avoit assisté à l'exécution de l'infortuné qui lui étoit si cher. Elle suit sa dépouille jusqu'au lieu où l'on devoit l'ensevelir avec d'autres cadavres.

Là, elle flatte la cupidité du fossoyeur pour en obtenir la tète d'une victime chérie. « Des yeux où « régnoit l'amour, et que la mort vient d'éteindre, « la plus belle chevelure blonde, les graces de la « jeunesse flétries par le malheur; voilà, dit-elle, « l'image de celui que je viens chercher. Cent louis « seront la récompense de ce service ». La tête est promise. Elle revient seule et tremblante la prendre dans un voile précieux. Mais la nature fut moins forte que l'amour; cette sensible amante, épuisée des combats qu'elle éprouvoit, tomba au coin de la rue S.-Florentin, et laissa voir aux yeux effrayés son secret et son dépôt. Elle fut envoyée au tribunal révolutionnaire, qui lui fit un crime de l'action qui auroit dû l'attendrir; et elle marcha bientôt au supplice, heureuse de l'espoir de retrouver dans un meilleur monde l'objet qui lui avoit inspiré un délire si passionné!

Il est un effort encore plus beau que de s'immoler pour l'amant dont on est aimé, c'est de mourir pour un infidele. L'histoire de madame C.... présente cet excès de grandeur d'ame.

Un jeune homme en fut long-temps épris, et en avoit obtenu le plus tendre retour; mais quoique toujours adoré, il l'abandonna pour madame B..., dont l'amabilité pouvoit faire excuser cette inconstance. Il est arrêté dans un département, ainsi que madame C.... Réunie du moins par l'infortune à son volage amant, elle pardonne à sa rivale, et lui écrit même les lettres les plus affectueuses. Cependant les deux captifs apprennent que l'on a donné l'ordre de les transférer à Paris. Révoltés de périr sous la main d'un bourreau, ils marquent à madame B... de se trouver munie de poison, tel jour, à telle heure, au passage de la galiote. Madame B... se croit obligée de remplir leur derniere volonté. Elle se rend au jour, à l'heure, au lieu indiqués, courant mille fois le risque de se perdre elle-même. Son zele fut trompé, on avoit fait prendre la poste à ses malheureux amis, et déja ils étoient à la Conciergerie. Nul moyen de parvenir jusqu'à eux. Le jeune homme, qui desiroit voir encore une fois celle qu'il préféroit, écrit à madame B... de paroître sur son passage le jour de l'exécution. Ce jour arrive. Madame B... recueille toutes ses forces, et se traîne rue S.-Honoré. Cependant madame C..., sûre de n'être plus séparée de celui dont l'image n'étoit jamais sortie de son cœur, le console; et pour elle seule, au milieu d'une foule de victimes consternées, l'attente du supplice est le moment du bonheur. Le char de la mort traverse la rue S.-Honoré. Madame B..., attachée aux barreaux d'une fenêtre, voit son amant enchaîné, et sa rivale à ses côtés. Tous deux, par des signes de tête, lui font les adieux les plus touchants. Le jeune homme la regardoit avec des yeux où se peignoit la douleur de la quitter; la femme, au contraire, le visage rayonnant, sembloit lui dire, *Je suis plus heureuse que toi, je vais vivre éternellement avec lui.* Ils disparoissent: madame B... tombe évanouie; et quand elle revint à elle, ses amis n'étoient plus.

La tendresse fraternelle inspira aussi des sacrifices dignes d'être placés à côté de ceux de l'amour et de l'hymen.

La sœur d'un libraire de Paris, appelé Gattey, présente à la condamnation de son frere, cria Vive le roi, dans l'enceinte même du tribunal. Elle vouloit périr avec lui; mais on ne lui accorda pas cette douloureuse satisfaction; sa mort fut remise au lendemain.

Mademoiselle Maillé, détenue rue de Sevres, s'immola pour sa belle-sœur. Elle s'étoit rendue dans la cour avec les autres prisonniers pour y entendre l'appel des accusés : son nom est prononcé, elle s'avance ; mais elle fait remarquer que, le prénom n'étant pas le sien, ce n'est pas d'elle qu'il s'agit. On lui demande si elle sait quelle est la personne désignée (c'étoit sa belle-sœur), elle garde le silence. On lui ordonne de révéler sa retraite. *Je ne desire pas la mort*, répond-elle, *mais je la préfere mille fois à la honte de me sauver aux dépens d'une autre ; je suis prête à vous suivre.*

Madame Elisabeth pouvoit échapper aux dangers qui menaçoient les Bourbons en rejoignant ceux de ses freres qui sortirent de France : elle aima mieux s'oublier elle-même pour ne pas abandonner le plus malheureux. Elle mourut bientôt après lui avec le calme d'une ame douce et pure. Dans la voiture qui la menoit au supplice son fichu tomba. Exposée en cet état aux regards de la multitude, elle adressa au bourreau ce mot mémorable : *Au nom de la pudeur, couvrez-moi le sein.*

Après la reddition de Lyon, une jeune fille

entra désespérée dans la salle où la commission siégeoit, et s'écria : *Il ne me restoit de toute ma famille que mes freres, vous venez de les faire fusiller; de grace, commandez que je périsse avec eux.* Elle pressoit les genoux des juges en leur adressant cette triste priere. On la refusa. Elle courut se jeter dans le Rhône.

Dans la même ville, à la même époque, cinq prisonniers s'échapperent d'un cachot appelé la *Mauvaise cave;* ce furent les sœurs du jeune Porral qui leur en faciliterent les moyens. Elles donnerent une partie de leur fortune pour pénétrer jusqu'à leur frere, et firent, au milieu des plus grands dangers, plusieurs voyages pour lui apporter les instruments nécessaires à son évasion. Le jeune Porral s'en servit avec autant de bonheur que de hardiesse, et vint bientôt avec ses quatre compagnons remercier ses sœurs, qui l'aiderent encore à se dérober aux recherches qu'occasionna le bruit de sa fuite.

La France presque entiere étoit devenue une arene sanglante où tous les sentiments se disputoient le dangereux honneur d'être utile à l'infortune; mais la piété filiale, en se dévouant à sa défense, acquit peut-être un nouveau degré d'intérêt par le contraste de l'héroïsme avec la jeunesse et l'innocence.

Mademoiselle de Bussy et mademoiselle de Brion, âgées, l'une de quinze ans, l'autre de dix-neuf, avoient toutes deux accompagné leurs meres en prison. Elles n'étoient point écrouées, elles pouvoient sortir; elles préférerent partager leur captivité, et lorsque le décret qui expulsoit de Paris la caste nobiliaire les força de s'en séparer, elles verserent des torrents de larmes; et tous les jours dans ces campagnes, où elles jouissoient d'un air plus pur, on les entendit regretter l'insalubrité de l'horrible demeure d'où la violence les avoit arrachées.

On a vu également madame Grimoard, maintenant madame Potier, témoigner à sa mere, madame Lachabeaussiere, le plus touchant empressement. Elle avoit été envoyée dans une prison différente; elle sollicita, quoiqu'enceinte, sa translation à Port-libre, pour être auprès de sa mere, et lui rendre tous ses soins; mais elle la trouva enfermée au secret, et traitée avec la plus grande barbarie. Témoin de cette cruauté, elle en fut tellement affectée que son esprit s'aliéna par intervalles; elle devint la Nina de la nature. Elle négligeoit le soin de se parer, ses cheveux flottoient toujours épars. Dans son égarement, qui attendrissoit tous les cœurs, tantôt, fixée à une place, ses yeux se promenoient autour d'elle, et ne voyoient personne, son sein exhaloit des gémissements, sa figure et son corps se tourmentoient de convulsions; tantôt elle se levoit avec précipitation, parcouroit les corridors, alloit s'asseoir sur les degrés de la porte du cachot de sa mere. Là, elle écoutoit long-temps; et, si aucun bruit ne frappoit son oreille, elle soupiroit, elle pleuroit, elle s'écrioit douloureusement et à demi-voix, *O ma mere! ma tendre, ma malheureuse mere!* Si elle l'entendoit marcher ou faire quelques mouvements, elle s'entretenoit avec elle, et, pour prolonger le pénible plaisir de cette conversation, elle restoit des heures entieres étendue sur le seuil. Elle ne se bornoit point à des paroles, elle portoit tous les jours à sa mere une partie de sa subsistance: c'étoit lui porter la vie, car souvent on oublioit cette infortunée. Mais lorsqu'elle venoit demander au geolier l'ouverture du cachot, par combien de refus grossiers, de propositions dégouttantes, d'insolentes plaisanteries il falloit l'acheter! n'importe, elle souffroit tout pour offrir quelque nourriture à sa mere, pour l'embrasser quelques instants. On eût dit que la sollicitude maternelle avoit passé tout entiere dans l'ame de cette fille sensible.

Le même éloge est dû à mademoiselle Delleglace. Son pere, envoyé d'un cachot de Lyon à la Conciergerie, partoit pour Paris. Elle ne l'avoit pas quitté; elle demanda au conducteur d'être admise dans la même voiture. Elle ne put l'obtenir; mais le cœur connoît-il des obstacles? Quoiqu'elle fût d'une constitution très foible, elle fit le chemin à pied; elle suivit pendant plus de cent lieues le chariot où son pere étoit traîné, et ne s'en éloignoit que pour aller dans chaque ville lui préparer des aliments, et, le soir, mendier une couverture qui facilitât son sommeil dans les différents cachots qui l'attendoient. Elle ne cessa pas un moment de l'accompagner et de veiller à tous ses besoins, jusqu'à ce que la Conciergerie les eût séparés. Habituée à fléchir des geoliers, elle ne désespéra point de désarmer des oppresseurs.

Pendant trois mois elle implora tous les matins les membres les plus influants du comité de Salut-Public, et finit par vaincre leurs refus. Elle reconduisoit son pere à Lyon, fiere de l'avoir délivré: mais le ciel ne lui permit pas de jouir de son ouvrage. Elle tomba malade dans la route, épuisée de l'excès de fatigue à laquelle elle s'étoit livrée, et perdit la vie, qu'elle avoit sauvée à l'auteur de ses jours.

Mademoiselle de la Rochefoucauld montra autant de courage pour son pere. Elle avoit été condamnée avec lui dans la guerre de la Vendée: mais elle sut le dérober à l'exécution. Elle le cacha chez un artisan, jadis leur domestique, et chercha ailleurs un asyle pour elle. Tous deux vivoient ainsi à l'abri des bourreaux: mais comme leurs biens étoient confisqués, et que la pitié est prompte à se lasser, leurs ressources s'épuiserent en peu de temps. Mademoiselle de la Rochefoucauld apprend que son pere va succomber au besoin: réduite à la même extrémité, et ne pouvant le secourir, elle se dévoue pour lui. Un général républicain passoit alors dans la ville où elle s'étoit réfugié: elle l'instruit dans la lettre la plus pathétique de la situation déplorable de son pere, et lui offre de se présenter pour subir l'arrêt prononcé contre elle, s'il s'engage à donner un prompt secours à ce vieillard expirant. Le guerrier vole la trouver, mais ce n'est pas un ennemi qu'elle voit en lui, c'est un protecteur. Il secourut le pere, sauva la fille, et, après le 9 thermidor, les fit rentrer dans leur fortune en obtenant la révision de leur jugement.

Le trait de la jeune Bois-Berenger est aussi admirable, et peut-être encore plus attendrissant. Sa mere, son pere, et sa sœur, avoient reçu leur acte d'accusation ; elle seule sembloit avoir été oubliée des meurtriers de sa famille. Combien cette funeste préférence lui coûta de larmes! elle disoit, dans son désespoir : *Je suis donc condamnée à vous survivre! nous ne mourrons pas ensemble!* Elle s'arrachoit les cheveux ; elle embrassoit tour-à-tour sa mere, sa sœur, son pere, elle les baignoit de ses pleurs, et répétoit avec amertume, *Nous ne mourrons donc pas ensemble!* L'acte d'accusation si desiré arrive, plus de regrets, plus de larmes : elle fait éclater les transports de la joie. Elle embrasse de nouveau ses parents, en s'écriant,

Nous mourrons ensemble! On eût dit qu'elle tenoit dans ses mains leur liberté et la sienne. Elle se para comme pour un jour de fête; elle coupa elle-même les tresses de sa belle chevelure. Au sortir de la Conciergerie elle pressoit dans ses bras sa malheureuse mere, dont l'abattement étoit le seul chagrin qu'elle éprouvoit; enfin elle soutint son courage affoibli jusqu'à l'échafaud. *Consolez-vous*, lui disoit-elle, *consolez-vous; n'êtes-vous pas heureuse? vous n'emportez pas le moindre regret dans le tombeau; toute votre famille vous accompagne, et vous allez recevoir la récompense que méritent vos vertus.*

C'est avec une constance semblable que madame de Malezey, dont les graces égaloient la beauté, se conduisit auprès de son pere condamné. Elle veilla sans cesse sur lui, elle le consola jusqu'au moment où il fut frappé, et soumit à la même hache la tête la plus séduisante.

Il est plusieurs femmes à qui l'humanité seule inspira ce noble mépris de la vie, que d'autres montrerent par attachement à des liens sacrés.

Quelque temps après le 31 mai, le député Langwinais, mis hors la loi, vint se réfugier à Rennes, chez sa mere qui n'avoit à son service qu'une ancienne femme-de-chambre. Il crut devoir déguiser la vérité à cette derniere; mais un jour il lit dans les papiers publics que Guadet a été exécuté à Bordeaux, et que l'on a enveloppé dans sa proscription tous ceux de ses amis qui l'avoient reçu, et même les domestiques qui n'avoient pas déclaré son asyle. Langwinais voit le péril où sa présence jette la femme attachée à sa mere; et il se décide, au risque de sa vie, à l'y soustraire. Il lui révele sa position, l'avertit de ce qu'elle doit craindre, et l'engage à s'éloigner, en lui recommandant le silence. Elle lui répond qu'elle ne l'abandonnera pas quand il est en danger, et qu'il lui importe peu de mourir si elle doit le perdre. Il lui fait des représentations; toutes sont inutiles: elle réclame avec instance le bonheur de rester près de ses maîtres jusqu'au dernier moment. Langwinais, pénétré, se laissa vaincre, et parvint à gagner, par l'adresse de cette femme, l'époque de la chûte de Robespierre, où elle recueillit, dans le salut du fils de sa maîtresse, le prix de sa vertueuse obstination.

Marie, servante dans une maison d'arrêt de Bordeaux, inspira de la confiance à deux jeunes gens par la douceur avec laquelle elle traitoit ceux qui y étoient enfermés. Ils s'adresserent à elle pour s'évader. Elle consentit à leur en fournir les moyens. Au moment de sortir ils lui offrirent chacun un assignat de cinq cents francs comme un témoignage de leur reconnoissance. Elle s'en offensa, et leur dit : *Vous ne méritez pas que je vous sois utile, puisque vous m'estimez assez peu pour imaginer qu'un vil intérêt me guide.* Ils eurent beau lui observer qu'ils ne lui proposoient cette somme que pour qu'elle échappât sans craindre les besoins, si elle étoit soupçonnée d'avoir participé à leur fuite ; ils virent bientôt qu'il falloit, ou ne plus lui parler d'argent, ou renoncer à accepter son secours. Ils s'abandonuerent enfin à elle, en lui demandant quel gage ils pouvoient lui laisser de leur sensibilité : *Embrassez-moi*, leur répondit-elle, *je ne veux pas d'autre récompense.*

Mademoiselle Boyer, ouvriere à Marseille, fut traduite devant la commission pour témoigner dans l'affaire d'un prévenu qui avoit en effet commis le délit révolutionnaire dont on le chargeoit. Croyant le soustraire à la mort, elle attesta en sa faveur; et paya de sa tête ce généreux mensonge.

Dans la ville de Brest, un inconnu entra chez madame Ruvilly pour lui demander un asyle contre la proscription. C'étoit un vieillard de quatre-vingts ans. Née avec une ame compatissante, elle ne s'informa pas de son existence, elle n'examina pas le danger qu'il lui apportoit; il étoit malheureux, ce titre lui suffit: elle s'empressa de le cacher, et lui prodigua les soins les plus attentifs. Deux jours après, le vieillard vient prendre congé d'elle. Madame Ruvilly, qui avoit eu la délicatesse de ne pas le questionner, lui témoigne sa surprise. Il lui avoue qu'il est prêtre, et que, voué par ce nom seul à la persécution, il craint qu'un plus long séjour ne l'attire sur elle. *Souffrez*, poursuit-il, *qu'en m'éloignant, je vous délivre du danger de m'avoir recueilli, et m'épargne à moi-même la douleur de vous entraîner dans ma ruine. Mais dans quel lieu vous retirerez-vous?* lui dit madame Ruvilly. *Dieu y pourvoira*, répond-il. *Quoi!* s'écrie-t-elle, *vous n'avez pas de retraite, et vous voulez que je vous laisse partir! Non; plus votre état vous expose, plus vous m'intéressez. Attendez, de grace, dans cette maison un moment plus tranquille.* Le vieillard refusa; et, malgré les instances les plus vives, resta vainqueur dans ce combat de générosité. Madame Desmarets, sœur de madame Ruvilly, se trouvoit alors chez cette derniere; elle fut témoin de cette scene touchante, et garda le secret. Mais la tyrannie a les yeux toujours ouverts; elle surprit bientôt les traces de cet acte hospitalier. Madame Ruvilly s'applaudit devant ses juges du service qu'elle avoit rendu, et ne parut affligée que de voir sa sœur condamnée avec elle pour ne l'avoir pas dénoncée. Ces deux femmes subirent leur sort, fieres d'être punies pour une action généreuse.

Mesdames Bedée et Bouquey, résidantes l'une à Landujan, l'autre à Bordeaux, mademoiselle Cauchois, merciere à Dieppe, et beaucoup d'autres, eurent aussi la gloire de périr pour avoir exercé l'hospitalité envers des malheureux persécutés sous différentes dénominations.

Madame Payssac, habitante de Paris, fit plus que donner l'hospitalité, elle l'offrit. L'estimable Rabaud de Saint-Étienne étoit mis hors la loi par suite du 31 mai: madame Payssac vint lui proposer un asyle dans sa maison. En vain il lui fit sentir l'étendue des dangers où il la jetteroit en acceptant: elle insista avec toute l'énergie d'une belle ame, et parvint à triompher des refus de Rabaud. Cependant il fut découvert chez elle; et bientôt après, elle le suivit au supplice avec le courage qu'elle avoit montré lorsqu'elle en affronta le péril.

Le célebre Condorcet étoit poursuivi à cette affreuse époque. Une femme de ses amies lui fit également la proposition de le cacher. Il refusa en s'écriant : *Vous seriez hors la loi; Eh!* reprit-elle, *suis-je hors l'humanité?* Cette réponse ne le détermina pas. Quelque temps après, on le trouva tué de ses propres mains dans un village voisin de Paris.

Madame Le Jai, libraire à Paris, réussit mieux; elle recueillit le député Doulcet de Pontécoulant, et son zele fut si ingénieux qu'elle sauva sa vie et la sienne.

La niece d'un sacristain de Bruxelles eut le même bonheur, en secourant un Français qui s'y étoit réfugié dans nos jours sanguinaires. C'étoit après la bataille de Fleurus, lorsque nos troupes rentrerent dans la Belgique. Menacé d'être pris dans Bruxelles, il fuyoit; une jeune fille, assise devant une porte, et entraînée par le seul intérêt qu'inspire un malheureux, l'arrêta en lui criant: *Vous êtes perdu, si vous allez plus loin! — Si je retourne, je le suis également! — Eh bien!* reprit-elle, *entrez ici.* Il accepta. Après lui avoir appris qu'elle le recevoit dans la maison de son oncle, qui ne lui permettroit pas de le sauver s'il en étoit instruit, elle le conduisit dans une grange où il se cacha. A peine il faisoit nuit, que quelques soldats vinrent s'y livrer au sommeil. La niece les suivit sans en être apperçue; et, dès qu'ils furent endormis, elle en profita pour tirer le Français de ce lieu trop peu sûr; mais comme il s'échappoit, un d'eux se réveilla, et le saisit par la main. A ce mouvement elle s'élança entre eux, en disant, *Lâchez-moi donc! c'est moi qui viens*... Elle n'eut pas besoin d'achever; le soldat, trompé par la voix d'une femme, abandonna son captif. Elle mena ce dernier jusqu'à sa chambre; là, elle prit les clefs de l'église, et, une lampe à la main, elle la lui ouvrit. Ils arriverent à une chapelle que les ravages de la

guerre avoient dépouillée de ses ornements. Derriere l'autel étoit une trappe difficile à appercevoir. Dès qu'elle l'eut levée, «Vous voyez, lui dit-elle,
« cet escalier sombre, c'est celui d'un caveau qui
« renferme les restes d'une famille illustre; il est
« probable que l'on ne vous soupçonnera pas dans
« ce lieu. Ayez le courage d'y demeurer jusqu'à ce
« qu'il se présente un moment favorable à votre
« évasion ». Le Français ne balance pas; il descend avec confiance. O surprise! les premiers objets qu'il apperçoit, à la clarté de la lampe, sont les armes de sa famille, originaire de ce pays! il reconnoît les tombeaux de ses aïeux! Il les salue avec respect; il touche avec attendrissement ces marbres chéris. La niece le laisse au milieu de ces impressions Leur douceur, et sur-tout l'espérance de retrouver une épouse qu'il adoroit lui firent oublier quelque temps l'horreur de son habitation; mais deux jours s'étoient passés, et il ne voyoit pas revenir sa libératrice. Il ne sut qu'imaginer; tantôt il craignoit qu'elle n'eût été la victime de ses services; tantôt il trembloit qu'elle ne l'eût oublié. Le besoin de la faim se joignit à ces idées effrayantes; et il n'eut plus devant les yeux

9.

que l'image d'une mort plus horrible que celle qu'il avoit évitée. Ses forces s'épuiserent ; il tomba presque sans connoissance sur le cercueil d'un de ses ancêtres. Cependant un bruit se fit entendre ; c'étoit la voix de la sensible niece qui l'appeloit ; accablé par la joie comme par la foiblesse, il ne put répondre ; elle le crut mort, et laissa retomber la trappe en gémissant. Le malheureux épouvanté fit un effort, poussa un grand cri ; elle l'entendit, et accourut. Elle se hâta de lui présenter des aliments, lui expliqua la cause de ses retards, et l'assura que ses précautions étoient si bien prises, que désormais elle ne lui en feroit plus éprouver. Elle venoit de le quitter lorsqu'un cliquetis d'armes frappa son oreille; elle rentra précipitamment dans le caveau, en recommandant au Français de garder le silence. C'étoit en effet des hommes armés que le sacristain, accusé d'avoir introduit un émigré dans l'église, et ignorant l'imprudence de sa niece, y conduisoit pour qu'ils fissent leurs perquisitions. Rien n'échappa à leurs regards; ils visiterent par-tout; ils marcherent même sur la fatale trappe. Quel moment pour les deux captifs ! chaque pas qui l'ébranloit répondoit à leur cœur, et leur sembloit être l'approche de leur dernier moment. Cependant le bruit s'éloigna peu-à-peu, et finit par se dissiper entièrement. La niece sortit encore inquiete, parcourut l'église, y trouva une profonde solitude, revint rassurer le Français alarmé, et se retira. Le lendemain, les jours suivants, elle lui apporta exactement sa nourriture : il resta ainsi long-temps dans ce souterrain sous la garde de cette fille attentive. Un moment de tranquillité arriva ; elle l'en avertit. Il dit un adieu tendre et respectueux aux mânes de ses ancêtres qui l'avoient protégé, sortit de ce tombeau vivant, gagna la campagne, et rejoignit bientôt une épouse dont la présence et l'amour lui firent encore plus apprécier le bienfait de sa généreuse libératrice.

Page 40, vers 9.

Pour les jours d'un époux vertueuse adultere.

Ce n'est point une exagération poétique, c'est encore la vérité. Que l'on consulte sur-tout les procès de Carrier et de Joseph Lebon, on s'assurera que plusieurs femmes furent obligées, pour racheter la vie d'un pere ou d'un mari, de s'abandonner à la lubricité de ces barbares : et je crois que rien ne mérite plus le nom de vertu que ce sacrifice de la vertu même, que ce supplice effroyable d'assouvir pour le salut d'un objet chéri les transports de monstres dégouttants de meurtres et de forfaits.

Page 40, vers 21.

Sombreuil vient, éperdue, affronter le carnage.

Cette belle action de mademoiselle de Sombreuil au milieu des massacres de septembre est trop connue pour que j'entre dans de longs détails. Il est juste pourtant que je rappelle ici comme une nouvelle preuve de son dévouement un fait que je n'ai pu placer dans mes vers. Un des meurtriers mit à la délivrance de son pere la condition qu'elle boiroit un verre de sang. L'amour filial lui donna la force de céder à cette horrible proposition. Depuis cette époque, mademoiselle de Sombreuil eut des convulsions fréquentes et dont le retour étoit régulier. Elle n'en fut pas moins attentive pour son pere ; elle partagea ses fers lorsqu'il fut réincarcéré sous la Terreur. La premiere fois qu'elle parut devant les autres prisonniers, tous les yeux se fixerent sur elle et se remplirent de larmes; elle reçut de tous les cœurs le prix que l'on doit à la vertu. Le citoyen Coëttant la célébra dans une romance touchante. Madame de Rosambo lui adressa un mot qui les honore l'une et l'autre. Elle sortoit de la prison avec le vénérable Malesherbes pour paroître au tribunal; elle apperçoit mademoiselle de Sombreuil: *Vous avez eu*, lui dit-elle, *la gloire de sauver votre pere*, *et moi j'ai la consolation de mourir avec le mien.*

La fille de l'estimable Cazotte (1) l'arracha aussi aux égorgeurs des prisons. Comme ce trait a fait moins de bruit que l'autre, il n'est pas indifférent que j'en développe les circonstances.

Quelques jours avant le 2 septembre, mademoiselle Cazotte, mise à l'Abbaye avec son pere, fut reconnue innocente, mais elle ne voulut pas l'y laisser seul et sans secours; elle obtint la faveur de rester auprès de lui. Arriverent ces journées effroyables qui furent les dernieres de tant de Français. La veille, mademoiselle Cazotte, par le char-

(1) Auteur d'ouvrages fort ingénieux, tels qu'*Olivier*, *le Diable amoureux*, etc.

me de sa figure, la pureté de son ame, et la chaleur de ses discours, avoit su intéresser des Marseillois qui étoient entrés dans l'intérieur de l'Abbaye. Ce furent eux qui l'aiderent à sauver Cazotte. Ce vieillard, condamné après trente heures de carnage, alloit périr sous les coups d'un groupe d'assassins; sa fille se jette entre eux et lui, pâle, échevelée, et plus belle encore de son désordre et de ses larmes : *Vous n'arriverez à mon pere*, disoit-elle, *qu'après m'avoir percé le cœur*. Un cri de grace se fait entendre; cent voix le répetent; les Marseillois ouvrent le passage à mademoiselle Cazotte, qui emmene son pere, et vient le déposer dans le sein de sa famille. Cependant sa joie ne fut pas de longue durée. Le 12 septembre, Cazotte est jeté une seconde fois dans les fers. Sa fille se présente à la Conciergerie avec lui; la porte, ouverte pour Cazotte, lui est refusée avec dureté: elle vole à la Commune et chez le ministre de l'intérieur, et, à force de larmes et de supplications, leur arrache la permission de servir son pere. Elle passoit les jours et les nuits à ses côtés, et ne s'éloignoit de lui que pour intéresser ses juges en sa faveur, ou pour disposer des moyens de défense. Déja elle s'étoit assurée de ces mêmes Marseillois auxquels elle fut si redevable dans son premier danger; déja elle avoit rassemblé des femmes qui lui avoient promis de la seconder: elle commençoit enfin à espérer, lorsqu'on vint la mettre au secret. Son zele s'étoit fait tellement redouter des adversaires de Cazotte qu'ils n'avoient trouvé que ce moyen pour qu'il ne pût leur échapper une seconde fois. En effet ils égorgerent pendant l'absence de sa fille cet homme qu'auroient dû faire respecter son grand âge, ses talents, et ce spectacle effrayant de la mort qui, dans les horreurs de septembre, avoit plané trente heures sur sa tête. Mademoiselle Cazotte n'apprit qu'en devenant libre une perte si cruelle: on conçoit l'étendue de sa douleur. Elle n'eut d'autre consolation que d'adoucir les chagrins de sa mere, et elle se livre encore à ce devoir avec toute la délicatesse des sentiments dont la nature l'a douée.

Lorsque la pensée s'arrête sur nos massacres révolutionnaires, et principalement sur le régime de la Terreur où le meurtre régna quatorze mois parmi nous, il est difficile de ne pas se rappeler les temps de Marius et de Sylla, qui furent aussi une des époques les plus fatales à l'humanité. Lucain a fait, dans sa Pharsale, la peinture de leurs proscriptions. J'ai tenté une traduction libre et abrégée de ce passage de son poëme: je vais la transcrire. Peut-être ce tableau ne sera pas sans intérêt, puisqu'on y trouvera plus d'un rapport avec les crimes dont nous avons été les témoins. (1)

(C'est un vieillard qui parle, effrayé de l'approche de César.)

Je les revois, dit-il à ses fils éperdus,
Ces jours de deuil, ces temps où le fier Marius,
Ce vainqueur des Teutons, chassé de l'Italie,
Cacha dans les marais sa tête ensevelie;
Et, bientôt découvert sous leurs impurs roseaux,
De cet abri fangeux passa dans les cachots.
D'avance il subissoit la peine de ses crimes.
Né pour finir ses jours sur un tas de victimes
Dans Rome, que ses mains oseront embraser,
Le trépas qu'il attend semble le refuser.
Un Cimbre, en sa prison, pour l'immoler s'avance;
Il recule à l'aspect du héros sans défense;
Il fuit: il a cru voir, sous ces murs ténébreux,

(1) Cette traduction a paru dans l'*Almanach des Muses* de l'an IV, 1796 (v. st.)

Des éclairs redoublés jetant un jour affreux,
Des esprits infernaux toute la troupe impure,
Et Marius déja dans sa grandeur future.
Une voix l'a frappé : « Respecte Marius,
« Cimbre; à ton bras obscur ses jours ne sont pas dus.
« Avant de pénétrer dans le royaume sombre,
« Il faut que d'autres morts y précedent son ombre.
« Respecte Marius; tes peuples égorgés
« En lui laissant le jour seront bien mieux vengés ».
Son sort change en effet: affranchi de ses chaînes,
Il erre quelque temps sur des plages lointaines.
Il parcourt la Libye, et les bords habités
Par ces peuples sans frein qu'il a jadis domtés.
Il foule aux pieds Carthage et sa cendre immortelle,
Et, comme elle abattu, se console avec elle.
C'est là qu'enfin les dieux relevent son destin.
Le bruit de ses revers enflamme l'Africain.
Son grand nom, sa valeur à vaincre accoutumée,
D'esclaves, de brigands lui donnent une armée:
Il ne veut que des cœurs dans les forfaits vieillis;
Et les plus criminels sont les mieux accueillis.
Quel fut ce jour, marqué par tant de funérailles,
Où Marius vainqueur entra dans nos murailles!
La mort voloit par-tout. L'un sur l'autre étendus,
La noblesse et le peuple expirent confondus;
Sur leurs têtes au loin le glaive se promene.
Plus de respect pour l'âge; une foule inhumaine

10

Égorge le vieillard qui se traîne au tombeau,
Et l'enfant malheureux couché dans son berceau.
L'enfant! du jour à peine il voyoit la lumiere!
Qu'a-t-il fait pour mourir en ouvrant la paupiere?
Il le peut, c'est assez; du soldat menaçant
La fureur le rencontre, et l'immole en passant.
Elle frappe au hasard, elle entasse les crimes,
Dans le barbare effroi de manquer de victimes.
De morts et de mourants les temples sont jonchés;
Sous des ruisseaux de sang les chemins sont cachés;
Et, grossi par leurs eaux, sur sa rive fumante,
Le Tibre épouvanté roule une onde sanglante.
Sur qui pleurer au sein des publiques douleurs?
Ah! recevez du moins nos regrets et nos pleurs,
Proscrits, qu'a distingués une grande infortune;
Licinius traîné mourant dans la tribune;
Bœbius, dont leurs bras, de carnage enivrés,
Partagerent entre eux les membres déchirés;
Toi, sur-tout, qui prédis ces maux à l'Italie,
O vieillard éloquent, dont la tête blanchie,
Portée à Marius par tes vils assassins,
Orna, sanglante encor, ses horribles festins.
Rome a récompensé Marius qu'elle abhorre;
Pour la septieme fois il est consul encore.
Il meurt, ayant atteint dans ses jours agités
Le comble des revers et des prospérités,
Porté par les destins contraires et propices
Au faîte des grandeurs, du fond des précipices.

Sylla revint dans Rome, et, lui rouvrant le flanc,
Vengea le sang versé par des fleuves de sang.
Victimes et bourreaux, tous étoient des coupables.
C'est alors qu'on dressa ces odieuses tables
Où l'airain criminel des têtes des proscrits
Offroit, en traits de sang, et les noms et le prix.
A ce signal de mort les haines personnelles
Remplissent sans danger leurs vengeances cruelles;
Et le brigand armé, qui se croit tout permis,
Frappe au nom de Sylla ses propres ennemis.
L'esclave, las du joug, assassine son maître;
Le pere ouvre le flanc du fils qu'il a fait naître;
Le frere meurtrier vend le sang fraternel;
Les fils, tout dégouttants du meurtre paternel,
Pour l'offrir à Sylla, dans leur fureur avide,
Se disputent entre eux une tête livide.
Les proscrits vainement s'éloignent à grands pas.
Les uns, dans les tombeaux croyant fuir le trépas,
Le retrouvent bientôt sous ces marbres funebres,
Dans l'air empoisonné de leurs mornes ténebres;
Les autres, se cachant dans des antres secrets,
Vont servir de pâture aux monstres des forêts:
Quelques uns, dans l'orgueil d'un désespoir extrême,
Pour dérober leur mort, se poignardent eux-mêmes;
Mais leurs restes sanglants sont encore frappés
Par des bras, furieux qu'ils leur soient échappés.
Les vainqueurs, échauffés par leurs forfaits rapides,
Volent sur mille morts à d'autres homicides;

Femmes, enfants, vieillards, sous leurs coups ont péri;
Et le peuple tremblant voit, d'un œil attendri,
Sur des piques, de sang et de pleurs arrosées,
Des plus grands citoyens les têtes exposées;
Et ne peut, quand sa main veut dresser leurs tombeaux,
De leurs membres épars rassembler les lambeaux.
A ce spectacle affreux, Sylla, fier, immobile,
Du haut du Capitole, avec un front tranquille,
Dans nos murs, où sa rage envoyoit le trépas,
Du geste et de la voix anime ses soldats,
Et hâte, sans palir des crimes qu'il consomme,
Dans les derniers Romains la ruine de Rome.
C'est par tous ces forfaits que d'un lâche sénat
Il mérita le nom de Pere de l'état.
Mais enfin, las du soin d'égorger ses victimes,
Il abdiqua ce rang payé par tant de crimes;
Et dans Tibur, au sein d'un repos fastueux,
Il mourut de la mort des hommes vertueux.

Page 42, vers 1.

...... La joueuse, l'avare,
L'altiere au cœur d'airain, la folle au cœur bizarre.

Ce sont là quelques uns des défauts que Boileau reproche aux femmes dans sa dixieme satire.

Ibid, vers 9.

Vous m'offrez Éryphile et sa fourbe adultere,

Les fureurs dont Médée épouvanta Colchos,
Le crime qui souilla les femmes de Lesbos.

Éryphile étoit l'épouse du devin Amphiaraüs, l'un des sept chefs au siege de Thebes. Amphiaraüs lui avoit confié que, s'il alloit à cette guerre, il y périroit; et il se cacha pour éviter son sort. Éryphile, séduite par un présent de Polynice, lui découvrit son asyle, et fut ainsi la cause de sa mort.

Médée, avant de fuir avec Jason, massacra son frere Absyrthe, et dispersa ses membres sur la route, pour arrêter la poursuite de son pere.

Les Lesbiennes, ayant appris que leurs époux, partis pour une expédition lointaine, s'étoient unis à d'autres femmes, les égorgerent tous à leur retour.

Page 43, vers 14.

. . . . . . l'affreuse Médicis
Au meurtre des Français encourageant son fils.

Il est question de la trop fameuse Catherine de Médicis, mere de Charles IX. On sait que c'est elle qui lui inspira la Saint-Barthélemi.

FIN.

NOTICE

Des éditions stéréotypes et autres faisant collection, qui se trouvent chez Ant. Aug. Renouard, Libraire, rue Saint-André-des-Arcs, n°. 42.

Œuvres complettes de Berquin, rangées dans un meilleur ordre, par Ant. Aug. Renouard, 1803. 20 vol. in-18, pap. fin avec 212 gravures.

Cette édition la plus jolie, la mieux ordonnée, et la plus complette de toutes, se vend, ou avec les 212 grav., ou seulement avec 18, au choix des acheteurs.

Toutes les parties se vendent aussi séparément avec ou sans gravures.

Il y a quelques exemplaires en gr. pap. vélin, du format des stéréotypes d'Herhan, avec les gravures des premieres épreuves. Dans l'un ou l'autre format, cet ouvrage peut très bien faire suite à notre collection de stéréotypes.

Petit Carême de Massillon, 1 vol. Oraisons funebres de Bossuet, 2 vol.—de Fléchier, 2 vol. Oraisons funebres choisies de Bourdaloue, La Rue, Mascaron et Massillon, 1 vol. Ensemble, 6 vol. in-18, pap. fin, et in-12, pap. fin et vélin, avec les portraits.

Ce choix des meilleurs Orateurs sacrés est bien imprimé, en assez gros caracteres et avec d'intéressantes Notices sur les personnages des Oraisons funebres.

Histoire universelle de Bossuet, édition en gros caracteres; 4 vol. in-18 et in-12 pap. fin et pap. vélin, portrait.

Conjuration contre Venise.—Conjuration des Gracques, par Saint-Réal. 1 vol. in-18 et in-12, pap. fin et pap. vélin, imprimé comme le Bossuet.

Manuel d'Epictete, et Tableau de Cébès, trad. par Camus. 2 parties in-18, pap. fin et pap. vélin.

Pensées de Marc Aurele, traduites par De Joly; nouvelle édition, avec ses notes. Un très fort volume in-18 et in-12, pap. fin et pap. vélin, portrait de Marc-Aurele.

Les Provinciales, par Pascal; 2 vol. — Pensées du même; 1 vol. Ensemble trois vol. in-18 et in-12, pap. fin et pap. vélin, portrait. Imprimés comme le Télémaque et le Marc-Aurele. Sous presse.

Caracteres de La Bruyere et de Théophraste, avec notes de Schweighœuser fils, édition stéréotype d'Herhan. 3 vol. in-18 et in-12, pap. fin et pap. vélin, portraits.

Œuvres de J. Racine. Stéréotype fait par Herhan, lorsqu'il étoit en société avec P. et F. Didot: ouvrage resté dans notre fonds. 5 vol. in-18 et in-12, pap. fin et vélin, portrait.

Œuvres de Crébillon. Stéréotype d'Herhan. 3 vol. in-18 et in-12, pap. fin et vélin, portrait.

Œuvres de Gresset. Stéréotype d'Herhan. In-18 et in-12, pap. fin et vélin, portrait.

Œuvres du cardinal de Bernis. Stéréotype d'Herhan. in-18 et in-12. Sous presse.

La Mort d'Abel, de Gessner, avec une Notice sur sa vie et ses ouvrages. In-18, pap. fin avec une gravure; et in-18 et in-12, pap. vélin avec 18 grav. par Moreau jeune.

Lettres à Émilie sur la Mythologie, avec une Notice sur Demoustier. 1803, 6 vol. in-18 avec 37 gravures. Cette nouvelle édition, très jolie et bien plus correcte que toutes les précédentes, a été imprimée, soit en in-18, pap. fin, soit en in-12, pap. vélin, de maniere à faire suite à nos stéréotypes.

Télémaque, suivi d'Aristonoüs. Deux forts volumes de 700 pag. in-18 et in-12, pap. fin et pap. vélin. On peut y ajouter 26 gravures très jolies, par Le Barbier et Le Febvre, dont une pour Aristonoüs.

Betzi, ou l'Amour comme il est. In-18, pap. fin et pap. vélin.

Aminta di Tasso, colla sua Vita. In-18 et in-12,

papier fin et pap. vélin, avec un portrait et une belle gravure, par Roger, d'après Prud'hon.

Poemetti diversi, Ero e Leandro, Tirteo, Teti e Peleo, etc. In-12, pap. fin et pap. vélin, avec une belle gravure.

Poesie di Légouvé, trad. in versi da L. Balochi. In-18 et in-12, pap. vélin.

Dafni e Cloe, trad. da Annib. Caro. — Abrocome e Anzia, trad. da Salvini, 2 vol. In-18 et in-12, pap. fin et pap. vélin, avec deux belles gravures, par Roger, d'après Prud'hon.

Gay's Fables, with his Life. In-18, pap. fin, et in 12, pap. vélin.

Les mêmes, avec celles d'Ed. Moore. In-18, pap. fin, et in-12, pap. vélin.

The Vicar of Wakefield, with the Life of Goldsmith. In-18, pap. fin, et in-12, pap. vélin, avec six jo[illegible] gravures nouvelles, qu'on peut acheter aussi [illegible]rément.

The Sentimental Journey, with the Life of Sterne, the Episods of Maria, Le Fever, Yorick's Death and the Letters to Elisa Draper. In-18, pap. fin et vélin, et in-12 pap. vélin, avec six jolies gravures.

De toutes les éditions, soit angloises, soit françoises, celle-ci est la plus complette.

Tous les ouvrages de cette Notice, stéréotypes et autres, imprimés avec autant d'éléganco que de correction, sur bon papier, tous en caracteres assez gros, et à la portée de tous les âges, forment une très intéressante collection, de la plus belle exécution et des prix les plus modiques. Elle va être successivement augmentée des meilleurs ouvrages dans toutes les langues, imprimés en stéréotype par L. E. Herhan. Les gravures et portraits qui s'ajoutent aux exemplaires sur les papiers supérieurs sont de la main des artistes du premier rang : Moreau, Prud'hon, Le Barbier, Saint-Aubin, Simonet, Coiny, Roger, etc.

Catéchisme historique de Fleury, 2 vol. in-12 avec beaucoup de gravures.

Cette édition augmentée d'une excellente Introduction, est la meilleure qu'on puisse adopter de ce livre d'un usage si général dans l'éducation.

Galeries des Antiques, 1 vol. grand in-8 avec 95 gravures.

C'est le recueil complet de tous les antiques réunis dans le Musée central des arts: on y trouve la belle gravure du Laocoon, par Saint-Aubin.

144 gravures de format in-8 pour les Œuvres de Voltaire, d'après de nouveaux dessins de Moreau jeune.

Cette collection est véritablement le plus bel ouvrage de gravure qui ait jamais été fait pour aucun livre de ce format. Il en paroît huit livraisons de douze estampes chacune. Les quatre dernieres seront publiées dans le courant de l'année.

Œuvres de Sal. Gessner, trad. en françois. 4 vol. in-8 pap. vélin avec 51 gravures de Moreau jeune.

Révolutions Romaines, de Suede et de Portugal, par Vertot. 7 vol. in-8 pap. vélin, et son portrait.

Œuvres de Fr. Bacon, trad. en françois par Ant. La Salle, avec des notes. 15 vol. in-8 bien imprimés, et le portrait.

Sagesse de Charron, Dijon, Frantin, 1801. 4 vol. in-12, pap. vélin et pap. très fin de Hollande, portrait.

Edition, la seule complette, avec les variantes de celles de 1601 et 1604, et des corrections faites sur un manuscrit authentique.

Exposition des acides, minéraux, etc. trad. de Trommsdorf par Leschevin, petit in-f°. pap. ord. pap. fort, et pap. vélin.

Lucanus, edente Ant. Aug. Renouard, 1795, in-fol. pap. vélin, très belle édition tirée à 212 ex. numérotés, avec une Notice sur les éditions et versions de Lucain.

Petronius, cum fragmentis et glossario, 1792. 2 vol. in-18 et in-12, papier vélin.

Cornelius-Nepos, cum Aristomenis vitâ, et chronologiâ imperatorum Græciæ, 1796. 2 vol. in-18 et in-12, pap. vélin.

Ces deux éditions, aussi élégantes que correctes, sont les plus amples qui existent dans ce format.

www.ingramcontent.com/pod-product-compliance
Ingram Content Group UK Ltd.
Pitfield, Milton Keynes, MK11 3LW, UK
UKHW031917260826
14628UKWH00003B/1252

9 782013 600125